やっぱりミステリなふたり

太田忠司

幻冬舎文庫

やっぱりミステリなふたり

やっぱりミステリなふたり＊目次

皮肉な夕食

1

平和公園は名古屋市の東部、千種《ちくさ》区と名東区にまたがる敷地百四十七ヘクタールの公園である。

太平洋戦争での空襲で焼け野原になった名古屋を復興するため、戦後ふたつの大きな区画整理計画が立てられた。ひとつが市の中央を走る百メートル道路の建設であり、もうひとつがこの平和公園だった。当時市内各地に点在していた墓地をここに集約することにより、道路用地の確保を容易にしようというのが目的だった。当時は十九万基近い墓が移転されたという。

現在もここには多くの墓がある。見渡す限りの墓石が列を成す様は、壮観とさえいえる光景だ。

墓が集まっているのは公園の北側で、南側は普通の公園として整備されている。園内には二千本以上の桜が植えられ、この季節になると薄桃色の雲が浮かんでいるように見える。桜を目当てに多くの人々が訪れ、公園内は賑やかになっていた。

「ここに仕事で来るとはなあ」

生田《いくた》は誰にともなく呟いた。

「よく来とるのか」

応じたのは間宮《まみや》だ。

「子供の頃から、この公園に何度も来てるんですよ。家の墓がここにありましてね」

「ほう」

「祖母《ばあ》ちゃんに連れられて、毎年来てました。俺のこと可愛がってくれて、いろいろ買ってくれたんですよ。小さい頃は桜より祖母ちゃんが買ってくれる屋台のみたらしとかのほうが目当てだったなあ。でもやっぱり、ここの桜はきれいだ。俺、ここで観る桜が一番好きなんですよ。そういや最近、祖母ちゃんの墓にもお参りしてないなあ。ついでだからお参りしておこうかなあ」

「墓参は結構なことだがよ、俺たちがなんでここに来たのか忘れるなよ」

間宮が若い同僚に釘を刺した。

「さっさと現場に行かんと、また景《けい》ちゃんにどやされるぞ」

その名前を聞いて、生田の表情が硬直した。追憶から現実に引き戻されたようだ。

「……行きましょう」

平和公園の南西、猫洞通《ねこがほらとおり》にある賃貸マンションが彼らの向かう先だった。まだ建てられて間がないのか、外観は品良くきれいで高級そうに見える建物だった。マンションの前にはすでに数台のパトカーが停まり、そのエントランスを警察関係者が慌ただしく出入りしていた。例によって野次馬が集まりはじめていて、近くの交番からやってきた警官が彼らを制していた。

間宮がその警官に声をかける。

「愛知県警捜査一課の間宮だがよ、景ちゃん……京堂景子《きょうどうけいこ》警部補はもう来とるか」

「京堂……」

その名を聞いてベテランらしい警官の顔色が変わった。

「い、いえ、まだ、お見えになってませんが。あ、あの、ここに京堂警部補がいらっしゃるのですか」

「その予定だわ。ちょっと別件があって一緒に来れんかったけどよ」

「そうですか……京堂警部補が……」

「心配するな。粗相をせんかぎり、何にも起こらん」

間宮は緊張を隠せないでいる警官に言った。

「もしも景ちゃんに何か訊《き》かれたら、知っていることだけを話せ。下手な憶測とかを入れんと事実だけをな。そうすれば災いは起きんから」

「はい……」

硬い表情のままの警官に、生田が言った。

「この前、うちの課長が入院したんだ」

「え？」

「胃潰瘍だって。胃に穴があいたらしいよ。ストレスが半端なかったみたいだね。ほんと、京堂さんの前でセクハラめいた冗談を一回言っただけで……」

「何を、されたんですか」

「睨まれただけ。それだけで胃に穴をあけるんだよ、あのひとは」

「生田、行くぞ」

間宮は生田を促して歩きだした。

「おまえ、善良な警官を脅してどうする？」

「脅してませんよ。事実を話しただけで」

「課長が胃潰瘍になったのは景ちゃんのせいではない、かもしれん。事実、一番睨まれとるおまえがぴんぴんしとるだろうが」

「胃潰瘍は経験済みです。最近は胃の壁に鉄板嵌《は》め込んだみたいになってます」

「耐性ができたってことか」

「でも寿命は確実に縮んでますね」

生田は冗談ではないような口振りで言う。

「たぶん俺、長生きできないです」

現場は二階の二〇五号室だった。

「なかなか立派な部屋だな」

間宮が言った。白を基調とした室内は高級そうな調度でまとめられている。玄関の壁に掛けられた絵は肉筆画だったし、正面のニッチにはベネチアングラスらしい花瓶が置かれている。

「あ、間宮さん、どうも」

声をかけてきたのは、四十代半ばの刑事だった。

「千種署の掛川《かけがわ》です。二年前の鍋屋上野町《なべやうえのちょう》の事件でご一緒した」

「はいはい、覚えとりますよ。あのときは大変でしたな。怪我のほうはもう大丈夫でしたかな？」

「十針縫いました。名誉の負傷です」

掛川は広くなった額を撫で上げた。

「あのとき京堂さんが犯人を取り押さえてくれなかったら、私も危なかったかもしれません。

命の恩人ですよ。今日はご一緒ではないんですか」

「もうすぐ来るはずです。それまでに事件のあらましを教えてください」

「わかりました。こちらにお出でください」

案内されて入ったのはダイニングキッチンだった。ここも結構な広さがある。システムキッチンは新品のように磨き上げられ、照明も明るい。これだけ見れば、コマーシャルに出てくる魅力的な家庭の一部屋だ。しかし、そんな雰囲気をぶち壊しにするものが中央のテーブルにあった。

テーブルは無垢の一枚板で作られたものらしい。結構な大きさがある。そのテーブルを挟んで、ふたりの人間が向かい合っていた。

片方は男性、白髪まじりの後頭部からすると、そこそこの年齢らしい。サーモンピンクのシャツを着ていた。

もう片方は女性、髪形だけでは年齢はわからない。ふくよかな体付きで水色のブラウスを着ている。

ふたりとも、テーブルに突っ伏したまま動かなかった。顔を見なくても絶命していることはわかる。

鑑識課員の焚くカメラのフラッシュが、叩きつけるようにふたりに浴びせられていた。

「顔を見てもいいか」

掛川の問いかけに、鑑識課員は頷《うなず》く。

刑事たちがふたりの遺体を起こした。男性は眼鏡を掛けていた。六十歳前後だろうか。面長で理知的に見える風貌だった。女性もやはり六十歳くらいで、化粧は薄めだった。掛川が言った。

「この部屋の住人、貞永民雄《さだながたみお》と逸子《いつこ》の夫婦と見て、間違いないようです」

間宮はふたりの顔を覗き込む。

「どっちも吐いとるな」

「そのようですね」

生田が応じた。彼らが突っ伏していたテーブルには少量の吐瀉物《としゃぶつ》が残っている。

「これは……毒かもしれんな」

間宮が言った。

「毒殺とお考えですか」

「はっきりと言えんが、そんな気がする」

「私も同意見です」

掛川が応じた。

テーブルには白い器とスプーンが二組置いてある。どちらの器も空だったが、盛られていたものの跡が表面に残っていた。間宮はその器に鼻を近付けて、

「……ビーフシチューだな。夕飯か」

と呟いた。

「コンロに置いてある鍋に、シチューの残りがあります」

掛川が指差す。

「こいつも調べてもらいましょう」

「それがええですな。ところで貞永夫妻の身許はわかっとるのですか」

「ふたりとも薬剤師をしているそうです。クローバー薬局というところに勤めているそうで」

「クローバー薬局って、よく大きな病院の前にある調剤薬局ですよね」

と、生田。

「最近はほら、病院で薬を出さなくなって、そのかわりにすぐ近くに薬局ができてそこで処方箋を渡して薬をもらうって形が多いじゃないですか。うちの近所の病院もそうなっちゃって、ちょっとめんどくさいんですよね。まあ大きな病院だと薬が出るまでにすごく時間がかかって苛々《いらいら》させられるから、薬局がたくさんできて分散するのっていいことかもしれないけ

ど、俺が通ってる規模の病院だと手間がかかるだけなんですよ。どうしてあんなことしたんでしょうかね？」

「それはあの、医薬分業というやつでないかな」

間宮が応じる。

「専門の薬剤師がチェックすることで医療過誤を防ぐことができるとか、医者が処方した薬じゃなくて最新のジェネリックを出すことで医療費を削減できるとか、そういう――」

「それってなんだか後付けの言い訳みたいに聞こえますよね。医療費を削減って実際のところは政府が医者を儲けさせたくなくてやってるだけでしょ。患者の都合なんて全然考えてないじゃないですか。そんなんだから……あれ？　どうしたんですか」

間宮たちの表情の変化にやっと気付いたのか、生田が問いかけた。そのとき、

「生田、おまえはいつから医療評論家になったんだ？」

彼の背後から声が聞こえた。静かな、しかし刃物のように鋭い言葉だった。無意識に生田は自分の心臓のあたりを押さえた。そして、おそるおそる振り返る。

「京堂……さん」

年齢は三十歳前後、均整の取れた肢体を黒いスーツに押し込んでいる。ショートカットの髪の下にあるのは、モデルか女優かと見紛うばかりの美貌だ。もしもその顔に微笑《ほほえ》みが浮か

んでいれば、まわりにいる男たちすべての心を蕩《とろ》かしていただろう。しかし同僚の誰ひとりとして、彼女がそうした微笑みを浮かべたところを見たことはなかった。

そのかわりに、彼女――愛知県警捜査一課の京堂景子警部補は言った。

「ここは殺人現場か。それとも現代医療の問題点について語り合う討論会の会場か」

彼女は氷のような視線で部下を見つめていた。

「それは、あの……」

生田は必死に言葉を探す。

「答えられないのなら、さっさとここから出て勉強し直してこい」

凍えるほど鋭利な言葉が、そんな彼の胸を貫いた。

「す……すみません！」

土下座しそうな勢いで、生田は頭を下げた。

周囲の刑事や鑑識課員も一様に体を硬直させ、怯《おび》えたように眼を見開いていた。

その様子を一瞥して、京堂警部補は言った。

「手を休めるな。自分の仕事をしろ」

全員、鞭《むち》を入れられた馬のように働きはじめた。

「さすが、愛知県警の氷の女王……」

誰かが不用意に囁《ささや》いた。その場にいた者たちが再び固まる。囁きは京堂警部補の耳にも届いたはずだった。しかし彼女はそれを無視して、間宮に言った。

「生田の無駄口以前のことは聞いていません。わかっていることを教えてください」

「あ、ああ……じゃあ、掛川さん」

「は、はい」

掛川も緊張に身を硬くしながら、ふたりの被害者の名前と今までの所見について説明する。聞き終えてから、京堂警部補は尋ねた。

「発見者は？」

「中園絵美《なかぞのえみ》、貞永夫妻の娘で、御器所《ごきそ》に住む専業主婦です。昨日三十日の夜九時頃、母親の携帯に電話をしても応答がなかったので、不審に思って今日の午前十一時二十分にここを訪れたそうです。そしてふたりの遺体を発見して慌てて通報したということでした」

話を聞きながら京堂警部補は遺体を検分する。

「死後十五時間以上は経《た》っている。娘が電話してきたときにはもう死亡していた可能性があるな。中園絵美はどこに？」

「隣の部屋にいますが」

「話を聞きたい。生田」

「あ、はい」

「ついてこい」

京堂警部補が生田を伴って現場のダイニングキッチンから出ていく。残された間宮と掛川は顔を見合わせ、そして大きく息をついた。

「相変わらずですな」

「ああ、相変わらずです」

2

角切りにしたジャガイモとニンジン、三等分したモロッコいんげん、莢《さや》から外したグリーンピースとソラマメを、塩を少々入れた湯で固めに茹でておいた。

フライパンにオリーブオイルを多めに入れてベーコンと粗みじんのニンニクを炒めると、小麦粉を振り入れて焦がさないように火を通す。

ここで登場するのがシェリー酒だ。これも多めに入れてとろみが付くまで混ぜ合わせ、ホワイトアスパラガスの缶を開けて中の汁を加える。煮立ってきたら茹でた野菜を入れて混ぜ合わせる。塩で味を調え、器に盛ってホワイトアスパラガスをのせると、春野菜のシェリー酒煮の完成だ。

　湯気と共に立ち上るシェリー酒と野菜の香りに、京堂新太郎《しんたろう》の頬が緩んだ。

　今日のメニューはこれにクミンとオレガノで風味を付けたイカとタラの唐揚げ、リンゴのガスパチョ、そして常備菜として作っておいた焼き赤ピーマンのオリーブオイル漬けというラインナップだった。

「さあ、どうぞ。今日はスペイン料理でまとめてみました」

　用意ができた料理をテーブルに並べる。

「すごおい！　カラフル！　美味《おい》しそう！」

　妻が歓喜の声をあげた。

「今夜はお酒飲んでもいいんだよね」

　新太郎はカヴァの栓を抜くと、シャンパングラスに注いだ。

「いいわねえ、お酒までスペインで統一するなんて、新太郎君、芸が細かいわあ」

　グラスを軽く当てて乾杯する。

「……うん、冷えてて美味しい。さて、お料理は……うわ、イカの唐揚げうまっ。なんかカレーっぽいけどカレーじゃない味がいいわ」

「クミンのせいだろうね」

「この野菜の煮たのもいい香り。美味しいわあ。いつもながら新太郎君の料理って最高よね。仕事の疲れなんて吹っ飛んじゃう」

「ありがとう。そう言ってもらえると作った甲斐があるよ」

「でも今日、締め切りだったんじゃないの？　こんな凝った料理作っても大丈夫だった？」

「イラストは昼までに描けちゃったからね。それにこの料理、そんなに時間はかかってないんだよ。ちょちょいでできちゃうから」

「ちょちょいで作っちゃうところが才能よね。わたしには到底できない」

「そのかわり、僕には景子さんの仕事は無理だよ。悪い奴を捕まえるなんてとてもできないから」

　新太郎が笑うと妻──京堂景子も笑みを返す。

「たしかに新太郎君が刑事になって犯人追っかけてるところは想像できないわね。でもさ、名探偵なら似合ってるかも。ううん、今でも充分に名探偵じゃない」

「冗談よしてよ。僕にはそんなの無理だよ」

「そんなことないわよ。今までだってたくさん解決してくれたでしょ」

　景子が言うとおり、新太郎はこれまでにも何度か妻が抱えている難事件の謎解きに成功していたのだった。

「あれはたまたま想像が当たってただけ。それよりさ、お酒ＯＫってことは今度の事件も解決したってこと？」

「解決……うーん、どうかなあ。解決って言えば解決なんだけど……」

急に景子の口調が滞る。

「どうしたの？　すっきりしないわけ？」

「すっきりしないっていうか、なんか皮肉な結果でさ」

「皮肉？　たしか猫洞通で夫婦が殺されてた事件だよね。それが皮肉なの？」

「うん、真相を聞いたらうんざりしちゃうかも。特に既婚者としては複雑かな。話、聞きたい？」

「ていうか、景子さんが話したいんでしょ？」

「当たり。話させて」

「じゃあ、先に料理を食べてからね」

食後、新太郎は器や鍋を片付け、テーブルをきれいにしてからコーヒーを淹《い》れた。名古屋風流儀として小皿に盛ったピーナッツを添えることも忘れない。

「亡くなったのは貞永民雄と逸子の夫婦。どちらも薬局に勤めてたの」

景子は話しはじめた。

「民雄は中村区、逸子は天白区の店に勤務してたんだけどね。死亡推定時刻は三月三十日の午後八時から十時の間。死因は現場で想像したとおり、毒物によるものだったわ。それぞれが食べたと思われる器に残っていたシチューから毒が検出されたの。鍋に残ってたものからは出てこなかったから、器に盛ってから毒を仕込まれたと考えていいと思う。だけど……」

「だけど？」

「ここが奇妙なところなんだけど、民雄と逸子の器から出てきた毒が、それぞれ違うものだったのよ」

「違う？　つまり、別の毒で死んだってこと？」

「そう。民雄の器からはストリキニーネ、逸子の器からはジギトキシン」

「それって全然別物なの？」

「うん。どっちも植物由来だけど、ストリキニーネは硬直痙攣《けいれん》を起こさせて呼吸困難で死に至るし、ジギトキシンは心不全を起こさせるの」

そう言ってから、景子は人差し指を立てて、

「さて、ここで問題です。どうしてふたりに別の毒が使われたのでしょうか」

「うーん……」

新太郎はコーヒーカップを手にしたまま考え込む。

「考えられることとしては、致死量の毒をそれぞれひとり分しか用意できなかった、かな」

「なるほど、そういう考えかたもあるわね。でも違います。後で正解を聞けば納得すると思うけど、毒はひとり分用意するのもふたり分用意するのも同じ手間だったみたい」

「そうか……じゃあ、普段からストリキニーネやジギトキシンを摂取してて、それぞれに毒に対する耐性があって、同じ毒では殺せなかったとか」

「面白い考えかたね。でも、それも違います」

「違うか……じゃあさ、それが犯人にとって必要なことだったってことかな。今ははっきり言えないけど、どうしても違う毒を使わなきゃならない理由があったとか。たとえば……うーん、うまい例が思いつかないけど」

「それも違うわ。でも新太郎君、いろいろ思いつくのね。想像力豊かだわ。ミステリ書けるんじゃない？」

「無理だよ。僕は文章が下手だからね。それより正解、知ってるんでしょ？　教えてよ」

「降参？」

「降参」

「じゃ、教えてあげる」

「あ、ちょっと待って。もうひとつ、思いついた。こいつはあまりにも突拍子もない考えなんだけど」

「どんなの？」

問いかける景子に、新太郎は自信なさそうに言った。

「あのさ、それぞれの器に毒を入れた犯人がじつは別々だったってのはどうかな？　つまり犯人はふたりいて、同時に夫婦に毒入りシチューを食べさせたって……いや、それはさすがにないよね。今のは忘れて……って、どうしたの？」

妻の表情が変わっているのに気付いて、新太郎は尋ねた。

「新太郎君……やっぱりすごいわ」

「え？　じゃあ、もしかして……」

「正解。そのとおりなの」

「毒を入れたのは、違う人間？　それって……」

新太郎は言葉を切って考え込む。

「……景子さん、民雄さんと逸子さんはふたりとも薬局に勤めてるって言ってたよね。ふたりとも薬剤師？」

「そうよ」

「じゃあ、薬を自分の手で扱うこともあるんだ。もしかしたら、毒を入れたのは……」

「それぞれが勤めてる薬局で調べてもらったら、民雄のところではジギトキシンが、逸子のところではストリキニーネが足りなくなっていたそうよ」

「夫婦が、お互いの器に毒を入れた？」

「それが真相よ」

「なんとね……」

新太郎は頭を掻《か》いた。

「意外といえば、かなり意外な話だね。でもどうして、お互いに殺し合ったりしたの？」

「そのことについては、現場で貞永夫妻の娘に話を聞いて、わかったわ」

景子は言った。

「ちょっと気の滅入る話だけど」


中園絵美は三十歳前後に見える女性だった。女性にしてはがっしりとした体付きをしていたが、ショックと心労でかなり表情が暗く、髪も乱れていた。

「愛知県警捜査一課の京堂です。この度は御愁傷様です」

景子は彼女に頭を下げた。

「こんなときに申しわけありませんが、捜査にご協力いただけないでしょうか。一刻も早く事件を解決したいんです」

「……はい」

か細い声で、絵美は応じた。

「昨夜、逸子さんに電話をされたそうですが、どんな用件で？」

「どんなというか……いつもと同じで、何か変わったことがないか確認するためでした」

「具合でも悪かったんですか」

「そういうことじゃないです。ただ……」

「ただ？」

景子が問いかけると、絵美は言いにくそうに、

「その……じつは最近、母と父のことが気になってて」

「何かトラブルでも？」

「はい。お恥ずかしい話なんですけど、母と父はとても仲が悪かったんです。わたしが子供の頃から、ずっと。表向きは仲睦まじいふりをしてきました。だから親しいお友達でもそんなふうだとは思っていないと思います」

「仲が悪いというのは、どの程度のことなのですか」

景子が尋ねると、絵美は一呼吸置いて言った。

「ものすごく、です。もともと両親は見合い結婚でした。でも母には当時、好きだったひとがいたそうです。だけど親に反対されて別れさせられてしまったとかで。それで結局、押しつけられた相手と結婚させられてしまった、と言ってました」

「逸子さんが？」

「はい。父は父で、結婚しても打ち解けない母のことを愛することもできず、浮気を繰り返すようになりました。家庭は完全に冷め切っていました」

「そんなに仲が悪いなら、どうして離婚しなかったんですか」

　生田が口を挟む。

「さっさと別れちゃえばいいのに」

「できなかったんです。親……わたしの祖父母の眼があったから。あのひとたちは離婚というものを恥ずかしいものだと考えて嫌っていました。だから自分の子供――母にも離婚は許さなかった。もし別れたら、遺産は相続させないとまで言っていました。祖父はたくさん土地を持っていて、マンション経営なんかもしていました。その資産のことがあったので、母は離婚できなかった。父も同じです。遺産が惜しくて母と別れなかった。どっちも金目当てで夫婦を続けていたんです」

「なんか殺伐とした夫婦だなあ。そういうのって――」

生田の言葉が途切れたのは、景子の一瞥のせいだった。彼女は質問を続ける。

「それでご両親は不仲なまま一緒に暮らしていたわけですね。あなたはふたりを心配していた」

「はい。わたしは両親のぎすぎすした雰囲気に耐えきれなくて家を出ました。でも気にしていなかったわけではないんです。特に最近は……」

「何かあったんですか」

「お互いの積もりに積もった感情が、どうしようもないところまできていました。この前電話したとき、母が言ったんです。『わたしはあのひとに人生を狂わされた。復讐する』って。さすがに恐ろしくなって『馬鹿なこと考えないで』と言ったんですが、母は『大丈夫、遺産を無にするつもりはないから』って言われました」

「どういう意味でしょうね、遺産を無にするつもりはないというのは」

「わたしも気になりました。でも母はそれ以上何も教えてくれませんでした。それでわたし、父に電話したんです。そのときに……」

「どうしたんですか」

「母のこと、全部喋《しゃべ》ってしまったんです。そしたら父はすごく怖い声で『あいつがそういう気なら、こっちにも考えがある。やられる前にやれ、だ』なんて言い出したんです。わたしますます怖くなっちゃって母にまた電話しました。でも応答がなくて、なんだか胸騒ぎがして実家に帰ってみたんです。そしたらあんなことに……」

絵美は自分の顔を覆った。

「もしかしたら母か父のどちらかの身によくないことが起きているんじゃないかって思って来てみたら……でもまさか、ふたりともなんて……」

景子は泣き崩れる彼女を、ただ見つめていた。

「……と、こんなわけでね、貞永夫妻にはお互いを殺す理由があったわけ」

「それはまた、凄絶《せいぜつ》な夫婦だね」

「そうね。素直に離婚していればよかったのに。でもできなくて、怨みばかり積み重なって我慢できなくなって、それでお互いが同時に爆発したってわけ。でもほんと、皮肉よね。夫婦がお互いを同時に毒殺したなんて」

「たしかにね。でも……」

「でも？」

「なんだかちょっと、引っかかるんだよなあ」

「どういうところが？」

「それがまだ、はっきりとわからないんだ。自分がどうしてこんなにもやもやするのか説明できない」

「そういう言いかたも名探偵っぽいわね。なんだかかっこいい」

「いや、僕は自分が情けないよ。考えをうまくまとめられなくて説明もできない。もっと頭が良ければなあ」

新太郎は自分の髪を搔きむしる。

景子は立ち上がると、彼の後ろに立って抱きしめた。

「悩んでる新太郎君の仕種も、好き」

「あ……どうも」

新太郎はちょっと、うろたえる。

「でもね、そんなに深刻に悩まなくてもいいわよ。新太郎君だって、何もかも全部お見通しってわけにはいかないんだし」

「そう……そうかもしれないけどさ。でも……」

言いかけた夫の唇に景子は人差し指を宛てがう。

「でも、は要らないわ。深く考えちゃ駄目。人間、何もかも完璧ってわけじゃないんだし」

「うん、まあ、そうだよね。そんなに都合よくは……」

「だからね、今日はもうそんなことは忘れちゃって、一緒に……あら？　どうしたの？」

急に立ち上がった新太郎に、景子は驚く。

「深く考えない……」

妻の言葉など聞こえていないかのように、彼は呟く。

「深く……そうだ！」

「え？　なになに？」

尋ねる景子に、新太郎は向き直る。そして妻の眼をじっと見つめた。

「ど、どうしたの、急に……」

「景子さん、この話、うますぎるんだよ」

「うますぎるって？」

「民雄さんと逸子さんが同時に自分の勤めてる薬局から薬を盗み出して、同時にお互いのシチューに仕込む。そして同時に死ぬ。話としてうますぎるんだ。そこが盲点だった」

「そりゃわたしだって、ちょっとできすぎた話かなって思ったわよ。でも実際、そうなっちゃったわけだし」

「そう。そうなっちゃった。悪い冗談みたいにね。だからこそみんな、そこに人生の皮肉みたいなものを感じて納得しちゃってる。うますぎるからこそ、信じられやすい。深く考えないんだ」

「違うっていうの？」

「事件を分けて考えてみてよ。もしもどちらか一方だけ、たとえば民雄さんが殺されたとしたら？　景子さんなら誰を疑う？」

「それは……もちろん逸子のほうよね」

「だよね。そして逸子さんの周辺を捜査するはずだ。そうすれば逸子さんの勤めてる薬局から薬が盗み出されていることは、すぐにわかるでしょ。そして警察は逸子さんを取り調べて逮捕する」

「まあ、そうなるわね」

「逆の場合だってそうだよね。逸子さんが殺されたら、真っ先に民雄さんが疑われる。そして証拠も出てくる。つまりこの事件、分けてみるとものすごく雑なんだよ。どうしてお互い、自分の犯行だとすぐにバレるようなことをしたんだろう？」

「それは……思いつきでやったからじゃない？」

「積年の怨みを晴らすのに、そんなに衝動的なことをするだろうか。少なくとも自分が疑われないように画策はすると思うんだ。なのにどちらにも、そんなことをした様子はない」

「新太郎君、何が言いたいの？」

「みんな、わかりやすい話に乗せられて、本当のことを見誤っているように思えるんだ。この事件、たぶん見た目どおりじゃないよ」

「つまり、犯人は別にいるってこと？」

「そういうこと。僕がさっき考えた中の『どうしても違う毒を使わなきゃならない理由があった』ってのが真相に近かったんじゃないかな。貞永さん夫妻を犯人に仕立て上げるためだったんだよ」

「それじゃ誰が犯人だというの？」

「今はわからない。でもポイントは盗まれた薬だよ。民雄さんの薬局と逸子さんの薬局、どちらからも薬を持ち出すことができる人間。それが怪しい」

「クローバー薬局の誰か？」

「調べてみてよ」

「うん、そうする」

景子は頷き、そして微笑んだ。

「でもそれは明日。今日は名探偵さんにご褒美をあげないとね」

新太郎の首に手を回し、抱き寄せた。

「洗い物、まだ残ってるんだけど」

「そんなのあとあと。今は奥さんを楽しみなさい」

3

翌々日、景子の帰りは遅かった。

「ただいま……」

「お帰り景子さん、食事は……って、どうしたの？」

妻の表情を見て、新太郎は眼を見開く。

「……最悪なの」

ぽつりと言って、景子は玄関に座り込んだ。

「今日ばかりは自分の馬鹿さ加減に嫌気がする」

「何があったの？　いや、その前に立って中に入ってよ。靴を脱いで」

子供をあやすようにしながら、新太郎は景子をリビングまで連れていった。

「食事は？」

「今は食べたくない」

「じゃあ水、持ってくるね」

新太郎はベランダに出て栽培しているミントの葉を摘むと、軽く叩いてグラスに入れ、それにミネラルウォーターを注いだ。

「はい、飲んで」

言われたとおり、景子は水を飲む。そして息をついた。

「はあ……こんなことになるなんて」

「もしかして猫洞通の事件のこと？　どうなったの？」

「新太郎君が教えてくれたとおり、クローバー薬局で貞永夫妻の勤め先の薬局両方から薬を持ち出せる人間を調べてみたの。そしたらひとり、該当する人間がいたのよ。それがね……」

東山栄治《ひがしやまえいじ》は三十三歳、子供かと見紛うほど痩せて小柄な男だった。

景子たちが面会したのはクローバー薬局本社の応接室で、向かい合わせのソファに座った東山は終始落ち着かない様子だった。

「最初にお伺いしたいんですが、薬品管理主査というのは、どういうお仕事なんですか」

景子が尋ねると、東山はおどおどとした様子で、

「あの、ほら、薬局をまわって薬品の在庫管理状況をチェックする仕事、なんです」

「今どき、薬品の在庫とかはコンピューターで管理しとるんじゃないのかね？」

間宮が訊く。

「あ、それもしてます。でも、実際に人間の眼でもチェックするっていうのが、うちの社長の方針で……」

「ああ、そういうひとっていますよね。人間しか信用できないって言い張るひと。そういうひとに限ってヒューマンエラーとか起こしちゃうんだよな。いつかだって――」

生田の無駄口は、いつものように景子の冷気に圧殺された。彼女はあらためて尋ねる。

「その仕事に従事されているのは、他にはどなたが？」

「あ、僕ひとりです」

「あなただけ？　では他に各薬局の薬品に直接タッチできる人間はいますか」

「それは……」

「いるんですか。いないんですか」

言いよどむ東山に、景子は鋭く切り込む。

「それは……」

東山は見るも哀れなほどに震えていた。唇の色が変わり、顔色も蒼白になる。

「まずいな」

間宮が駆け寄った。

「あんた、大丈夫か!?」

「あ……」

答えようとしたが、声にならない。白目を剝《む》いて、がっくりと項垂《うなだ》れた。

「景ちゃん、こりゃ駄目だわ。気を失っとる」

「生田、一一九番」

景子はすぐに指示した。

「間宮さん、ここは薬品会社です。対処できる医師免許を持った者がいるかもしれません。訊いてみてください」

そして彼女はソファに力なく沈み込んでいる東山を見つめた。その視線に同情の色は、なかった。


「結局、東山は病院に搬送されたわ。貧血を起こして気を失っただけだったけど」

リビングのソファに腰を下ろし、ミント入りの水を飲みながら、景子は話した。

「ナイーブなひとだったんだね、東山さんって」

新太郎が言うと、妻は水を苦そうに一口飲んでから、

「ナイーブっていうよりナーバスかな。とにかくそんなんじゃ尋問もできないから、病院で一晩安静にしてもらって、話を聞くのは翌日にしようってことになったの。それが、間違いだったわ」

「というと？」

「東山はその日のうちに退院した。いえ、病院を抜け出したの。そして住んでるアパートに戻って、首を吊った」

「え⁉」

突然の展開に、新太郎は驚いた。

「自殺、したの？」

「ええ。見つかったのは今日の昼よ。何の連絡もなく出勤してこないから社員がアパートに様子を見に行ったの。そしたらドアが半分開いてて、中を覗いたら鴨居にベルトを結び付けて首を吊ってたの。もう、死んでたわ」

「なんとねえ……でも、どうして？」

「遺体の足下に、こんなものが落ちてたわ」

景子は自分のスマートフォンで画像を開いて、新太郎に見せた。

畳の上に一枚の紙片が置いてある。文字がプリントされていた。新太郎は画像を拡大して、その文字を読んだ。


告白します。貞永民雄と逸子を殺したのは、私です。

私が薬局から盗み出したストリキニーネとジギトキシンで、ふたりを殺しました。

理由は、貞永民雄を許せなかったからです。あの夫婦は憎み合っているので、お互いに殺し合ったことにすればバレないと思い、やりました。

申しわけありませんでした。


「遺書、か……」

「室内にあった東山のパソコン内に、同じ文章が書かれたテキストが残ってたわ。でも、まさか自殺するとは思わなかった。あのとき、もっと注意して監視させてればよかった。わたしのミスよ」

やる瀬なげに景子は首を振る。

「自分を責めることはないよ。これは予想外のことだもの。ところで、この遺書に『貞永民雄を許せなかった』って書いてあるけど、民雄さんを恨む理由とかあったの？」

「クローバー薬局でいろいろと調べてみたら、ひとつ理由が見つかったわ。じつは東山栄治の父親の東山利春《としはる》はクローバー薬局の前身である四葉薬局に薬剤師として勤めてたの。そのときの部下が貞永民雄」

「へえ、ふたりにそんな関係があったとはね。それで？」

「三十年前、四葉薬局で薬品取り違え事件というのがあったの。処方箋を読み間違えて過剰に薬品を渡してしまった結果、それを服用した患者がショックで死んでしまったのよ。利春はその責任を問われ、業務上過失致死で逮捕されたの。裁判では有罪を言い渡されて服役したわ。そして刑務所内で病死した」

「後味の悪い話だね。でも、それでどうして栄治さんは民雄さんを恨むようになったの？」

「四葉薬局時代に利春の同僚だった人間に会って話を聞いたの。処方箋読み間違いについては利春が自分の責任だと認めて刑に服したのよね。でも当初から犯人は別にいるんじゃないかって噂が薬局内に流れてたみたいなのよ」

「別の犯人……それがもしかして、民雄さん？」

「そう。指示したのは利春だけど、直接調剤したのが民雄だったらしいのよね。で、本当はどっちが間違えたのかって。でも誰も表立って民雄を追及できなかった。彼の叔父が四葉薬局の社長だったから」

「権力者の縁故か。それで利春さんが罪をひとりで被ったってこと？」

「そこまでの義理が利春にあったかどうかわからないけど、もしかしたら社長に因果を含められたのかもしれないって噂が密かに流れてたみたい。根拠のない、本当に憶測でしかなかったみたいだけど。でも東山栄治はその噂を耳にして、そっちが真実だと信じたんでしょうね。そして父親の仇を討った」

「その噂、今でも薬局内で流れてるの？」

「若いひとは知らないみたいだけど、ベテランの中には知ってるひともいるみたいよ。そういうひとたちから栄治が聞いたのかもしれない。事実、栄治と民雄って薬局内でも露骨にわかるほど関係がぎくしゃくしてたって話もあるし」

「なるほどねえ。じゃあ逸子さんは巻き添えを食っただけってことか」

「夫婦で殺し合ったように見せかけるためにね。親の仇とはいえ、やることがえげつないわ。でもこれで、犯人死亡のまま事件は終結よ。あーあ、今回は消化不良だわあ。最後はわたしの詰めの甘さが最悪の結果を招いちゃったし」

気落ちする景子の肩に、新太郎は手を置いた。

「まだだよ」

「え？」

「まだ終わってない」

「終わってないって、どういうこと？　犯人は死んじゃって、だから――」

「栄治さんが民雄さんと逸子さんを殺した犯人だとしよう。するとひとつ、解せないことがあるんだ」

「どういうこと？」

「栄治さんはどうやって、貞永さん夫妻のシチューに毒を入れたんだろうね？」

「それは……」

「それぞれの器に毒が入っていた。ということはシチューが盛られてから毒を入れたってことだよね。つまり犯人はシチューが取り分けられた時点で貞永さん夫妻と一緒に家にいたってことになる」

「たしかに、そうだわ」

「貞永さん夫妻は栄治さんを夕食に招いたんだろうか。そんなことはないんじゃないかな。だって薬局内ではふたりの関係がぎくしゃくしてるって話もあったんでしょ。そんな間柄なのに家に呼んだりしないよね」

「たしかに、そうかも」

「夕食どき、夫婦の他に誰かいた。でもそれは栄治さんじゃない」

「じゃあ、誰なの？」

「気軽に家に入ることができる人間。シチューの器にこっそり毒を入れることが可能なくらい信用されている人間。そういう人間がひとり、いるじゃない」

「それって誰のことを……」

景子は言いかけて、不意に思いついたように、

「それって……まさか、中園絵美？」

「実の娘なら、可能だよね」

「でも、だって……」

景子は考えをまとめられないでいた。

「でも……でも絵美は、どうやって毒を手に入れたの？　彼女は専業主婦よ。簡単に毒なんか……」

「それは景子さんたちの読みどおり、栄治さんがやったんじゃないかな。事実、薬局からは薬物が盗み出されてたわけだし」

「栄治が……じゃあ、栄治が絵美に毒を渡した？　ふたりの間に関係があったっていうの？」

「僕はそう考えてるよ。根拠もある」

「どんな？」

「栄治さんが自殺したところにあった『遺書』だよ。それには『あの夫婦は憎み合っているので、お互いに殺し合ったことにすればバレないと思い、やりました』って書いてあったよね。でもさ、貞永さん夫妻が不仲だってことはまわりには気付かれてなかったって絵美さん自身が言ってた。彼女の言葉を信じるなら、貞永さんたちが憎み合っていたことを知っているのは絵美さんしかいないはずだよ」

「たしかにそうだわ。それが絵美と栄治が繋がってる証拠ってわけなのね」

「僕は本当に貞永さん夫妻が殺し合うほど憎み合っていたかどうか、ちょっと疑問に思ってる。そう言ってるのは絵美さんだけじゃない？」

「たしかに、他からそんな話は聞こえてこないわ。それも絵美の計画？」

「だろうね」

「そうだとしたら怖い女だわ。でも、どうして絵美が両親を殺さなきゃならなかったのかしら？」

「それは景子さんたちが調べないとわからないことだけど、ひとつだけ想像できることがあるよ。遺産問題」

「遺産って……貞永逸子の両親の？」

「絵美さんにとっては祖父母の遺産だよ。両親がいなくなれば、彼女が相続することになるんじゃないかな」

「そのために親を……」

「よほど金に困っていたんだとしたら、そういうこともあり得るかもね。そして民雄さんに怨みを持っていた栄治さんと手を組んだ」

「互いの利害が一致したってわけね。調べる必要があるわ。こうしちゃいられない」

景子は立ち上がった。

「新太郎君、悪いけど出かけてくる。一から捜査をし直さなきゃ」

「うん、それがいいね。でも、だったらもうひとつ、栄治さんの『自殺』についても詳しく調べ直してみてよ」

「どういうこと？」

「警察に疑われたとたん、何も言わずに栄治さんは自殺した。これって絵美さんにとっては、すごく都合のいいことだよね。まるでそう計画してたみたいに」

「まさか、それも絵美の仕業？　栄治は自殺じゃなくて彼女に殺されたというの？」

「可能性はあるよ。栄治さんはすごく小柄だったんだよね？」

「ええ」

「そして絵美さんは女性にしてはがっしりとした体付きだった。ひょっとしたら力もあるのかもしれない。小柄な栄治さんを抱き上げて、鴨居に結び付けたベルトに首を掛けることができるくらいにね」

「でも、そんなことしようとしたら、いくら栄治でも抵抗しないかしら？」

「栄治さんの遺体をよく調べてみたほうがいいね。僕の想像どおりだとしたら、睡眠薬とかが検出されるんじゃないかな」

「眠らせて殺したわけね。じゃあ、あの遺書は絵美が書いたのかしら？」

「パソコンで書いてプリントするのなら、誰にでもできるよね」

「そうね。でもわたし、ちょっと怖くなった」

「絵美さんが？」

「ううん、新太郎君が」

「え？　僕？」

「だって、すごく怖いこと考えるんだもの。新太郎君でも、いざとなったらそういうこと考えて実行しちゃうのかしらって」

「しないよ。しないしない」

　新太郎は笑った。

「頭の中で思いつくことと、それを実際にやってしまうこととは全然別だよ。でなきゃミステリ作家はみんな人殺しってことになっちゃうじゃない」

「そう……そうよね」

景子は新太郎に抱きついた。

「新太郎君はわたしを殺したりしないわよね」

「……どっちかっていうと、景子さんのほうが怖いこと考えてるような気がするけど」

「ふふっ」

景子は微笑んで、夫に軽くキスをした。

「じゃ、行ってくるわ」

「いってらっしゃい。あったかい夜食を用意して待ってるよ」

新太郎も微笑みを返した。

死ぬ前に殺された男

1

デパートで新しい手袋を買うつもりだった。だが名鉄百貨店でも髙島屋でも、自分の好みにぴたりと合う品を見つけることができなかった。京堂新太郎は人通りの激しい名古屋駅コンコースに佇《たたず》み、この先どうするか考えていた。

とりあえず喉が渇いた。コーヒーを飲みたい。

そのときに思い出したのが、バッグに突っ込んだままにしていたドトールのドリンクチケットだった。たしか駅西のほうに店があったよな。

「ただいま新製品『アルファＱＪ』のサンプルをお配りしております。どうぞお試しください」

何かの試供品を配っているのを避けてコンコースを抜け、太閤通口手前を左に曲がると、覚えていたとおりドトールコーヒーショップがあった。早速ブレンドコーヒーを注文して一息つく。

さて、今日の夕飯は何にしようか。たしか冷蔵庫にあったのは……。

思い出したのは冷凍庫に入っている大振りのブラックタイガーだった。

よし、今日は海老の香草焼きにしよう。

背開きにしたブラックタイガーをグリルに並べ、パセリとバジル、ニンニクにオリーブオイルを混ぜたパン粉を載せてじっくり焼く。焼いている間、景子さんには作り置きのピクルスと白ワインで待ってもらおう。となると御飯よりパンのほうがいいかな。野菜はブロッコリーとアスパラガスがあるから、あとはレタスとミニトマトを買って……。

頭の中で手早くメニューを整理すると、残りのコーヒーを飲み干してカップを返却口へと収める。手袋はまた他の機会にどこかで探すとして、今日は帰ろう。

店を出たところで、かすかな音に気付いた。楽器の演奏と歌声。釣られるように太閤通口から駅前広場に出る。

広場には百合の花の形をした噴水があって、ここは高速バスに乗るときの集合場所になっている。その先に少し広いスペースがある。音楽はそのスペースの端から聞こえてきた。四車線の道路を挟んで建つビックカメラを背景にした場所だ。

近付いてみると三人編成のバンドが演奏していた。キーボードの女性ひとりとギターを抱えた男性がふたり。みんな若い。男性の歌声は少々安定感に乏しかったが、耳に心地好い音色だった。新太郎はその場に立ち、彼らの曲を聴いてみる気になった。

ふと気付くと、バンドを取り囲む聴衆の中にとても目立つビジュアルの男が立っている。

背が高く、黒い革ジャンと革パンツ、中に着ているのはセックス・ピストルズのTシャツという、いかにもパンクな服装。しかしそれ以上に目立つのは彼の髪形だった。頭の両側を剃り上げ、残した真ん中の髪を五十センチほどの高さに突き立てている。いわゆるモヒカン刈りだ。しかもその髪は七色に染められていた。

求愛中の鳥みたいだ、と新太郎は思った。もしかしてバンドのメンバーだろうか。しかし彼らが歌っているのはパンクではなく穏やかなフォーク調の歌だ。パンク男もバンドに眼を向けてはいるが、それほど関心があるようには見えない。ただの通りがかりなのか。それにしても……。

「すごいな」

思わず呟いていた。パンク男がこちらに眼を向けた。剣呑《けんのん》な目付きだった。新太郎は無意識に後退《あとずさ》った。しかしパンク男は彼を気にする様子もなく聴衆の列から離れた。

曲が終わり、ボーカルが次に歌う曲の説明を始めた。これは僕が最初に人前で歌った歌で……。

新太郎はパンク男の姿を眼で追っていた。横断歩道から少し離れた道路沿いを、所在無げに歩いている。革ジャンの背中に描かれた髑髏《どくろ》が揺れていた。

突然、耳障りな音が聞こえた。バンドが出した音ではない。道路上を走っていた車の中の一台がタイヤを軋《きし》ませたのだ。

その車は車線を離れ、速度も落とさずこちらに向かってきた。

咄嗟《とっさ》のことに、新太郎は身動きもできなかった。ただ呆然と、その光景を見ていた。

車はガードを飛び越え、広場に突っ込んだ。文字どおり鼓膜を突き破るような激しい音がした。

その瞬間、新太郎は空中に鳥が飛ぶのを見た。

いや、鳥ではない。虹色のモヒカンだ。

あのパンク男が車に撥ね飛ばされていた。

悲鳴があがる。バンドも聴衆も歩行者たちも立ちすくんでいた。

パンク男は広場に投げ出され、倒れていた。

広場に車体を半分以上飛び込ませて停まった車から、男がひとりよろよろと出てきた。彼は倒れているパンク男に飛びかかりそうな勢いで駆け寄る。

「救急車！　誰か救急車を！」

近くで叫ぶような声がした。周囲が騒然となった。

新太郎はその中で、ただ立ち尽くしていた。

2

「ごめん、今日はこんなものしかなくて」

新太郎は海老フライと白菜の味噌汁、御飯とたくあんをテーブルに並べた。

「こんなものって、結構立派な海老フライじゃないの。全然ごちそうよ。いただきまあす！」

景子は大きな海老フライにかぶりつく。

「ん！　揚げたて美味しい！　衣がさくっとしてて中の海老がぷりっぷり！　県警近くの定食屋で食べる海老フライ定食よりずっと美味しいわ」

「でもねえ、僕の今日の予定とは違うんだよ」

新太郎は浮かない顔をしている。

「本当はその海老、香草焼きにするつもりだったんだ。だけど合わせるパンもサラダにする野菜も買えなくて、結局御飯に合うフライにするしかなかったんだよ」

「買えなかったって、お店が休みだったの？」

「ううん。僕がもう買い物なんかできない気分だったんだ。あまりに凄絶なものを見ちゃったから」

「何を見たの？」

「交通事故。名古屋駅西の広場でね、車が突っ込んできて人が撥ねられたんだよ」

「え？」

「それがひどい事故でさ。いきなり車が――」

「ちょっと新太郎君、それって今日の午後二時過ぎの事故のこと？」

景子の表情が変わっていた。

「あ、そうだけど。テレビでニュースになってたから景子さんも知ってるかな」

「ニュースも何も、今日はその事件で帰りが遅くなったのよ」

「え？　景子さんって交通事故も担当するの？」

「普段ならしないわ。でも今回は特別なの」

「車を運転していたひとに何か問題でも？　まさか薬物をやってたとか」

「それはなかったみたい。事故を起こした本人は――道下遼《みちしたりょう》っていうメッキ加工会社に勤めるサラリーマンだけど――『アクセルとブレーキを踏み間違えた』って言ってるわ。でもそれが問題なわけでもないの。問題は犠牲者よ」

「犠牲者って……ああ、あのパンク」

「パンク？」

「モヒカン頭のパンクなひとだった。彼、亡くなったんだよね？」

「ええ、搬送先の病院で死亡が確認されたわ。鈴木《すずき》和雄《かずお》さん、東区代官町《だいかんちょう》在住の三十歳。ジーンズショップ店員」

「意外に普通の名前なんだな」

「たしかに見かけのわりに平凡な名前よね。仲間内では〝ラッシャーK〟って名乗ってたらしいけど」

「それはそれでプロレスラーみたいだけど。それで、その鈴木さんがどうしたの？」

「彼の死因がね、変なのよ」

「変って？　交通事故で死んだんでしょ？」

「違うの。じつは検視の結果、体内から青酸カリが検出されたのよ。死因も服毒死と断定されたわ」

　景子の言葉に新太郎は眼を丸くする。

「毒って……そんな、まさか……」

「もちろん事故による損傷もあったわよ。大腿部の骨折と内臓破裂に内出血。この怪我だけでも死ぬ可能性はあったわ。でも鈴木さんは事故で死ぬ前に毒で死んだの」

「事故の前に毒殺された？　でも……彼は車に撥ねられるまで普通に歩いてたよ」

「それほんと？　本当に普通だった？」

「それは……」

　新太郎は思い返す。演奏しているバンドから離れて歩きだした鈴木の後ろ姿。その頼りなげな足取り。

「……もしかして、あれは……」

「思いついたことがあるの？」

「いや、ちょっとふらふらした歩きかただったなって。でも、毒で苦しんでいるようには見えなかった」

「もしかしたら毒が回りはじめてたのかも。そうじゃない？」

「どうかなあ……悪いけど、ちょっと自信ない。でもさ、毒を飲んだとしたら、いつ？　青酸カリって即効性の毒物じゃないの？」

「服用したらかなり短時間で効果が出るはずよ」

「そうだよね。でも鈴木さん、事故に遭う前はずっと僕と一緒に路上ライブを観てたんだよ。その間に何か飲んだとか、なかったと思うけどなあ」

「それなんだけどね。ひとつ気になるものが見つかったの。彼のポケットに小さな袋が入ってたの。これと同じものよ」

景子は自分のバッグから掌大のビニール袋を取り出して新太郎に見せた。中に紡錘《ぼうすい》形のカプセルと紙片が入っている。彼は紙片に印刷されている文字を読んだ。

「〝疲れた一日をリフレッシュ！　快適サプリ『アルファＱＪ』〟……」

「調べてみたら今日、名古屋駅でこのサプリの試供品を配ってたのがわかったの」

「……ああ、たしかに配ってた。僕はもらわなかったけど。でも、まさか……これで？」

「すぐに調べてみたんだけど、試供品を配布していたイベントコンパニオンの女性が鈴木さんのことを覚えていたわ。あれだけ派手な格好してたから記憶に残ってるんでしょうけど、彼は手渡されたサプリをその場で全部飲んじゃったみたい」

「サプリを飲んだ後で駅前広場に出て路上ライブを観ていて……」

「その間にサプリのカプセルが溶けて中の毒が鈴木さんを殺した、ということになるかも」

「本当にサプリに毒が入ってたの？」

「わからない。でも鈴木さんが死ぬ前に飲んだものといえば、そのサプリくらいしか見つかっていないのよ」

「サプリを配ってたのは？」

「製造元の串田製薬から委託されたイベント代行会社に話を聞いてるんだけど、試供品は全部串田製薬から送られてきたものをそのまま配っていたって言うのよ。コンパニオンの女性も、ただ渡されたものを配っただけだって」

「まあ、そうだろうね。でも、その試供品はどう管理されてたのかな？」

「東京の串田製薬本社から段ボール箱にパッケージされてきたものを、名古屋駅の会場で開封して配ったそうよ。ただ、その段ボール箱は隅に置いたままにしておいて適宜試供品を取り出していたそうだから、誰かがこっそり毒入りのものを紛れ込ませることはできたみたい」

「そうか……でもなあ……うーん……」

新太郎君は額を叩きながら唸った。

「新太郎君が何を考えてるかわかるわ」

景子は言った。

「もしも名古屋駅の現場で毒入りの試供品を誰かが紛れ込ませたのだとしたら、犯人は前もってそこでサプリの試供品が配られることを知っていて、しかも本物そっくりの毒物を作っておかなければならない、ってことよね」

「そうなんだよ。どう考えても咄嗟にできる犯罪じゃない。計画的なものだよ。それができるのって、誰なんだろうね？」

「今はまだわからないわ。だから明日はわたし、東京の串田製薬に行って担当者に話を聞いてくるつもり」

「あ、じゃあ早く家を出る？」

「そうね。朝七時には出るつもり」

「わかった。そのつもりで明日は早起きしよう」

そう言った後、新太郎はまた表情を曇らせる。

「でもさ、もしも毒入りサプリを投入した犯人が本当にいたとしたら、そのひとは無差別に人を殺そうとしたんだよね」

「そういうことね」

「だとしたら、もうひとつ考えなきゃならないことがあるよ」

「毒入りは鈴木さんが飲んだひとつだけなのか……でしょ？」

「他にもあるとしたら、誰かがまた犠牲になるかもしれない。やばいよ。すぐにも情報を広めて、もらったひとが飲まないようにしないといけない」

「それが、そう簡単にはいかないのよ。だってまだサプリに毒が入っていたという確実な証拠はないんだもの。もし確証のないままサプリに毒が入っているかもしれないなんて話を流したら、きっと大騒ぎになるわ。串田製薬だって大損害よ。後でじつは無実でしたってわかったって、取りかえしがつかない」

「でも……」

「わかってる。わたしも心配はしてるのよ。県警の上層部にも次の犠牲者が出たら会社の信用問題どころじゃなくなるからってきつく言ったの。その結果の折衷案が……ああ、そろそろね」

景子はリモコンでテレビの電源を入れた。ちょうどローカルニュースの時間だった。

——本日午後一時から名古屋駅コンコース内において配布されましたサプリメント「アルファQJ」のサンプルについて不純物の混入が認められたと製造元の串田製薬が発表しました。

アナウンサーがニュース原稿を読み上げている。

——当該サンプルを入手された方は、飲まずにご覧の電話番号まで連絡をするか、同じくご覧の住所までサンプルを返品ください。代替として品質確認済の「アルファQJ」三十錠入りが提供されるということです。

3

東京駅の新幹線のホームに降り立つと、生田刑事は大きく伸びをした。

「おお、久々の東京だ！　銀座原宿六本木！」

「遊びに来たのと違うぞ」

　続いて降りた間宮警部補が窘《たしな》めた。

「わかってますって。俺は東京の空気を吸えるだけで幸せなんです。この空は新宿にも浅草にも恵比寿にも通じてるんだなあ」

「名古屋にもな」

「名古屋のことは、この際忘れましょうよ。折角の出張なんだし――」

「忘れてええのか、ほれ」

　彼らの後からホームに降りてきた京堂景子が、両手を上げたままの生田に視線を向ける。

次の瞬間、彼は心臓を射貫かれたように体を震わせた。

「今、おまえが何を言っていたのか聞こえなかった。だが想像はつく」

　景子は生田に言った。

「選択肢は三つ。今後無駄口を叩かず仕事をするか、次の新幹線で黙って名古屋に帰るか、東京で仕事を見つけて大好きな東京に骨を埋めるか。どうする？」

「あ……はい、最初のにします」

「ならば馬鹿みたいに手を上げてないで、ついてこい」

そう言って歩きだす景子の後ろを、生田と間宮はついていく。

「聞こえなかったって、あれ絶対嘘だよな」

生田が愚痴ると、

「たわけ、それが景ちゃんの憐憫《れんびん》の情だて」

間宮が窘めた。

「もし聞こえとったことになったら、今頃おみゃあさんの命運は尽きとったわ。さ、行くぞ」

串田製薬本社は東京の麴町《こうじまち》にあった。応対には渉外部長の肩書を持つ篠塚誠吾《しのづかせいご》という男性が出てきた。一見して紳士服のモデルでもやっていそうな、見映えのいい中年だった。しかしその表情は不安に曇っているように見えた。

「お問い合わせのサンプルですが、その、当方で調査したところ山梨にある弊社の工場で生産し包装したものを段ボール箱に詰め、そのまま本社の企画宣伝部に移送し、そこから各地の支店、営業所を通じてイベント会場へ送り、配布したと確認できました。だからあの、懸念されているような毒物を入れた偽物を混入することは不可能だと思われます」

篠塚は落ち着きのない口調で報告した。

「今回は警察の指示に従い配布したサンプルの回収を実施しましたが、このようなことで弊社の信頼が脅かされるようなことになるとしたら、まことに遺憾です」

「配布まで段ボール箱が開けられなかったのはたしかですか」

景子が尋ねると、篠塚は無理に作ったような笑みで、

「そこは間違いありません。再三チェックいたしましたので。だから、その、どうしてこんなことになったのか……」

「あの、ひとついいですか」

生田が口を挟んだ。

「アルファQJって効能書きに疲労回復って書いてありましたよね。本当に効くんですか」

「え？　ええ、もちろん効きますよ。弊社の十年に亙《わた》る研究によって生み出された画期的なサプリメントですから。これは社運をかけた新製品なんです」

「それなら俺も飲もうかな。最近疲れが取れなくって。まだ若いつもりだったけど」

間宮が気が気ではないといった表情で生田に目配せする。このままではまた、景子の氷のような叱責に身を凍らせてしまいかねない。

「串田製薬さんって前はCMとかもよくテレビでやってましたよね。『風邪にはピカリ』とか『咳と痰には、はいトロールシロップ』とか。でも最近はあんまり見ないですね」

生田は間宮の視線に気付かず喋りつづけている。さらに不思議なことに、あの景子がそれ

を窘めることもせず黙っているのだ。

「以前は弊社も感冒薬などを主力商品としておりましたけど、今は健康分野へとシフトしているんです。そちらの方面では後発なので、まだネームバリューは大きくないのですが、だからこそ全社を挙げて頑張っておるところでして、それをこんなことで水を差されるのは本当に困るんです。どうしてこんな目に遭わなきゃならないのか……」

「それはやっぱり、誰か恨んでる奴がいるんじゃないですかね。心当たりはないですか。会社を辞めさせられて恨んでる元社員とか、ライバル会社の誰かとか」

「わかりません。これはもう企業を狙ったテロとしか思えません。本当に、いい迷惑です」

篠塚は深い溜息をつく。

「なんだか疲れてるみたいですね。サプリ飲んだほうがいいですよ。効くんでしょ？　アルファＱＪって。俺も最近疲れが取れなくって――」

「生田、もういい」

景子がぴしゃり、と言った。生田は喉に栓をされたように黙り込む。彼女は続けて、

「篠塚さん、何を怯えているんです？」

「……え？」

「サプリに毒入りのものが混入された形跡がないのであれば、もっと自信を持って『被害者

が飲んだ毒は我が社のサプリとは関係ない』と言えばいい。可能性は他にもあるんですから。なのにあなたはサプリに毒を入れられたという推測を否定しないどころか、これは企業へのテロだと言う。串田製薬に対して何らかの害意があったことを肯定しているとしか思えません」

景子は篠塚に向かって冷たい視線を投げた。

「あなたは、何を隠しているんですか」

う……、と篠塚は胸を押さえる。景子の言葉が心臓を射貫いたようだった。彼は俯《うつむ》き、弱々しい声で言った。

「……じつは、犯人からの犯行声明があったのです」

「それはいつ？」

「今朝です。弊社のサイトに書き込みがありました」

「どんな内容ですか」

「それは……少々お待ちください」

そう言うと篠塚は立ち上がり、応接室を出ていった。戻ってきたときには一枚のA４用紙を持っていた。

「これが犯人の言葉を印刷したものです。本来はお客様の声を投稿していただくものなんですが」

テーブルに置かれた用紙を、景子は生田や間宮と共に読んだ。

私は串田製薬に怨みを持つ者だ。今回名古屋駅で配られていたサンプルに青酸カリ入りのものを混ぜた。そのせいでひとり死んだ。もう二度としない。

「えらくあっさりとした声明だわな」

間宮が感想を口にした。

「『もう二度としない』って、反省してるみたいですね」

生田が応じる。

「実際に死人が出たんで怖くなったのかもしれん」

ふたりの会話をよそに、景子は黙ってその文章を読み返していたが、

「タイムスタンプは今日の八時二十四分か……これはどこからでも投稿できるんですね？」

「はい、パソコンでもスマホでもできます。どこの誰がやったのか調べることは無理だそうです」

「この声明には『青酸カリ』と毒物を正確に書いている。被害者が青酸カリを飲まされて死

んだことはまだマスコミにも公表はしていない」

　景子が言うと、

「私どももサンプルに毒物が混ぜられていた可能性があるという話は警察から聞いておりますが、それが青酸カリだということは知りませんでした。この書き込みで初めて知ったわけでして」

　篠塚も言った。

「となると、この声明を書いたのは本物の犯人と見ていいな、景ちゃん」

　間宮の言葉に、景子は頷く。

「犯人以外に知り得ない情報ですからね。篠塚さん、工場での梱包から配布現場で開くまで毒物入りの偽物を混ぜることはできなかった。その言葉を信用していいんですね？」

「え、あ、はい。間違い、ないです」

「となると、ふたつの可能性がまだ残ります。毒入りサプリを梱包時に混入させたか、あるいは名古屋駅で開封したときに混入させたか」

「梱包時に混入させるというのは、あり得ないことです」

　篠塚は首を振った。

「サプリメント製造時には工場で厳正な品質管理をしています。毒物入りのものを混ぜ込むことはできません。梱包までの工程でも同じです」

「しかし、絶対あり得ないと言えますか。害意を持つ何者かが工場内にいたとして、その人物が毒入りサプリを混入させることを完全に防げるでしょうか」

「社内に犯人がいるというのですか」

篠塚の声が裏返った。

「そんな、馬鹿な」

「可能性は考えるべきでしょう」

「しかし……」

篠塚は苦しげに俯いた。景子はそんな彼を冷ややかに見つめている。

そのとき、応接室のドアをノックする音がして、ひとりの女子社員が入ってきた。彼女は篠塚に耳打ちした。

彼の眼が大きく見開かれた。

「……そうか、間違いないのか」

「確認したそうです」

女子社員が言うと、篠塚の顔に安堵の色が戻った。

「やはり、我が社のサンプルに毒は混じっていませんでした」

女子社員が退出した後、彼は言った。

「製造工場で確認したところ、名古屋に送ったサンプルは初ロット品でした」

「初ロット？」

「最初に製造したものです。つまり、サンプルより前に作られたサプリは存在しないんです」

「その工場以外でサプリを作ったことは？」

「アルファＱＪは山梨の工場以外では作っていません」

「試作品は？　製造工程に乗せる前に試しに作ってみることはないのですか」

「それはあります。しかしアルファＱＪの試作品はカプセルに詰めてはおりません。カプセル入りのものは今回初めて作りました。名古屋で試験的に配布して反応を見る、ということで製造したんです」

「……なるほど」

　景子は得心したように頷く。

「え？　どういうことですか」

　訳がわからないらしい生田が、きょとんとした顔をしている。間宮が彼に説明した。

「つまりだな、毒入りサプリを作るためには、犯人は前もってカプセル入りサプリを手に入れておらなかんわけだ。けどよ、工場で製造した最初のサプリが名古屋で配ったあれだということは、その前にサプリは作られておらんということだわ」

「それってつまり……犯人はサプリを手に入れて毒を仕込むことはできなかったと、そういうことですか」

「そうだ」

「でも、じゃあ、どうやって毒入りサプリを作ったんですか」

「不可能ですよ」

篠塚は断定するように言った。

「そんなものは、誰にも作れません」

4

景子が帰宅したのは、その日の午後十一時過ぎだった。

「もー駄目。体力気力エンプティ。充電切れちゃった。新太郎くーん、お腹空いたあ！」

帰ってくるなり愚痴の連打。先程まで部下や同僚、上司までもぴりぴりさせていた「氷の女王」とは思えない体たらくではある。

「はいはい」

しかし新太郎はいつものようにそれを軽く受け流し、テーブルに座り込んだ妻の前に湯気の立つ一皿を置く。

「昨日からマリネしておいた牛ほほ肉を赤ワインで二時間ほど煮込みました。かなり柔らかくなってるから箸《はし》でも切れると思うよ」

彼が言うとおり、煮込まれた肉は箸を入れるとほろりと崩れた。その一切れを口に運ぶなり、景子の眼が見開かれる。

「うま！　なんなのこれ、ほんとにお肉？」

「時間をかければ、どんな肉でも柔らかくなるよ。これ、意外に御飯にも合うんだよ」

炊きたての御飯に煮込んだ肉をのせて一気に頬張る。

「ん！　これいい！　最上級の牛丼だわ」

「ちょっと七味を落としても美味しいよ」

たちまちのうちに景子は出された料理を平らげてしまう。

「あー、美味しかった！　新太郎君、今日もありがと」

「どういたしまして。出張、長引いたみたいだね」

「そうなのよ。急遽東京から甲府まで足を延ばすことになってね」

「甲府って山梨の？」

「そこに串田製薬の工場があって、例のサンプルを作ってるの。本社でも説明されたけど、自分の眼で確認したくてね」

食後の焙《ほう》じ茶を飲みながら、景子は東京での篠塚との遣り取りについて話した。

「サンプル品以外に同じサプリは存在しなかったってことなのか」

「そうなの。で、甲府の工場に出向いて工場長に製造日誌を見せてもらったの。それを見るかぎり、彼らの言っていることは信用せざるを得なかったわ。たしかに名古屋駅で配ったサンプル以前に同じサプリは存在しなかったの」

「うーん……じゃあ、鈴木さんが飲んだ青酸カリはサプリには入っていなかったってことだね」

「そうとしか考えられない。でも、それだと訳がわからないことになるわ」

「串田製薬に届いた声明だね」

「そう。声明を書き込んだ人物は、サンプルに青酸カリ入りのものを混ぜたと断言してるのよ。青酸カリって毒物の名前を明確に書いてるところから見て、これは実行した本人によるものに間違いないわ。毒がサプリに仕込まれたのは間違いないの。でも、そんなことはあり得ない。ああもう、何がなんだかわからなくなっちゃった」

景子は頭を抱える。

「名古屋に帰ってから捜査会議をずっとやってたんだけど、結局この謎は解けないままなの。ねえ新太郎君、どうやったらサプリに毒が仕込めると思う？　何かいい考えはない？」

「どうかなあ……僕もちょっと、思いつかないよ」

新太郎も困惑顔だった。

「今度ばかりは僕もお手上げだなあ」

「そうかあ……新太郎君でも無理かあ」

景子も落胆したように息をついた。

「ごめんね、役に立てなくて」

「あ、いいの。いつも無理言って話を聞いてもらって、その上解決までしてもらってるんだから。新太郎君は責任を感じなくていいのよ」

「そう言われると、かえって辛くなるな」

新太郎は肩を落とす。と、景子は立ち上がり、夫の背後にまわると急に抱きついた。

「な、なに？」

「わたしのために落ち込むなんて、よくないわ。新太郎君には元気でいてほしいの。だから、慰めてあげる」

抱きしめる手に力を籠める。新太郎はうろたえて、

「あ、ちょっと、まだ洗い物が……」

「そんなのあとあと。わたしもう、火が付いちゃったからね。ほらほらほら」

「あ……」

耳朶《みみたぶ》に息を吹きかけられて、新太郎は思わず声を洩らした。

5

翌日、新太郎は栄《さかえ》に出た。

家でイラスト描きの仕事をしていても、どうにも気持ちが集中できない。ともすると景子から聞いた事件のことが頭を過《よぎ》ってしまうのだ。なので気分転換のため、懸案だった手袋探しを栄のデパートでしてみようという気になった。

丸栄では見つからなかったので、続けて三越に向かった。ここでなかったら今日は諦めようと思った。

ところがここで自分の好みにぴったりのものを見つけることができた。チョコレート色の革手袋で、手に嵌めた感触も馴染む。予算は少しオーバーするが、これを逃すと後悔すると

思って買うことにした。

目当てのものが見つかって、新太郎の気持ちはかなり和らいだ。帰ってイラストの仕事に戻ろうと思った。

三越を出ると、音楽が聞こえてきた。ＢＧＭなどではない。生演奏の音だ。見ると広小路通を挟んで三越の北側にある栄広場でバンドがストリートライブをしている。

新太郎はこの前の名古屋駅の一件を思い出した。あのとき、ライブに足を止めなかったら、あの事故に遭遇することもなかっただろう。何がきっかけになるかわからないものだ。

そう思ったとき、彼の耳が流れてくる旋律を把握した。あ、と思った。聞き覚えのあるメロディだ。新太郎は通りを渡った。

広場で演奏しているのは思ったとおり、三人編成のバンドだった。あのときの彼らだ。

新太郎は観衆の間に立って、彼らの演奏を聴いた。名古屋駅で聴いたのと同じ曲だった。その次も同じ曲。どうやらレパートリーはそんなに多くないようだ。

新太郎は彼らの前に立って歌を聴きつづけた。

「これが最後の曲になります。新曲です」

ボーカルの男性が言った。

「じつは僕たち、この前名古屋駅でライブをしてたときに交通事故が起きるのを見ました。

車がいきなり広場に突っ込んできて人を撥ねたんです。大騒ぎになりました。車を運転していたひともびっくりしたみたいに飛び出してきて、撥ねたひとに水を飲ませたりして介抱してました。でも後で撥ねられたひとが亡くなったことを知りました。そのひとは事故に遭うまで僕たちの歌を聴いてくれてました。でも途中で離れていって、そこで車に轢かれたんです。僕は思いました。あのとき僕たちの歌にもう少し力があったら、あのひとはずっと立ち止まったまま聴いてくれてたんじゃないか。そしたら車が突っ込んでくるところには行かなかったんじゃないか。そう思うと居たたまれない気持ちになりました」

彼は訥々《とつとつ》とした口調で語った。

「僕たちはもっと上手くなりたいと思います。みんなを惹きつけるような曲を演奏したいと思います。そんな気持ちと、亡くなった方へのお悔やみの気持ちを籠めて、この曲を昨夜作りました。まだ作ったばかりなんでアレンジもしてません。僕のギターだけで歌います。聴いてください」

そして彼は歌いだした。感傷的な歌詞に感傷的なメロディ。それが男性の少し頼りなげな声に合っていた。

新太郎は立ち尽くしていた。歌は聴いていた。しかしその曲は彼の心には届かなかった。考えごとに集中していたからだ。

もしかしたら……。

歌が終わり、拍手が起こる。バンドの三人は一礼してライブの終了を告げ、片付けにかかった。

「あの……」

新太郎はボーカルの男性に声をかけた。

「歌、とてもよかったです」

「あ、ありがとうございます」

男性は含羞《はにか》みながら頭を下げる。

「さっきの交通事故の話ですけど、じつはあのとき、僕もあの場にいたんですよ」

「え？　そうなんですか」

「ええ、それで、ちょっと確認したいことがあるんですが。事故を起こした車から運転手が飛び出してきて、撥ねたひとのところに駆けつけましたよね。そのときに水を飲ませていたって本当ですか」

「ええ、僕は見ました。ペットボトルの水を飲ませてました」

「飲ませていたのは、それだけですか」

「え？」

「水と一緒に何か飲ませてませんでしたか」

「それは、どうかなあ……」

男性が首を捻る。と、

「飲ませてました」

そう言ったのはキーボードを演奏していた女性だ。

「何か薬みたいなものを飲ませて、その後で水を飲ませてましたよ」

「それは、間違いありませんか」

「ええ、ずいぶんと用意のいいひとだなって思って見てましたから」

「そうか……どうもありがとう」

謝礼代わりに彼らが売っていたCDを一枚購入した。そして離れたところで携帯電話をかけた。

「もしもし、景子さん？　事件のことで気になることがあるんだ」

6

狭い部屋に彼女はひとり、待たされていた。

あの日以来身に着けている黒い服が、妙に窮屈に感じられた。彼女は机の下で組み合わせていた両手を、もぞもぞと動かした。

ドアが開き、ひとりの女性が入ってきた。後ろに男性をふたり従えている。

「愛知県警捜査一課の京堂景子といいます」

女性は自己紹介した。

「ご主人――道下遼さんが犯行を自供しました」

ぴくり、と彼女の肩が震える。

「あれは事故ではなかった。車を運転中、駅前広場に鈴木和雄さんがいるのを偶然見かけ――あの身形《みなり》ですから、すぐに彼だとわかったそうです――殺すつもりで車で広場に突っ込んだ。そして鈴木さんを撥ね、倒れている彼に駆け寄り、鈴木さんがまだ生きていることを知ると、持っていた青酸カリを飲ませて殺害した。何がなんでも殺さなければならないという強い意志を感じさせる犯行です。しかし、なぜ道下さんは鈴木さんを殺したかったのか、なぜ青酸カリを所持していたのか、その点《の》については何も話してくれません」

京堂景子と名乗った刑事の言葉は、伸しかかるように彼女に迫ってきた。

「それでわたしたちは鈴木さんと道下さんの関係を調べました。あなたがたの間には娘さんがいたんですね。道下恵美《めぐみ》さん」

娘の名前を耳にした瞬間、眼の奥が熱くなった。駄目だ、泣いてはいけない。彼女は自分に言い聞かせる。

「一ヶ月前、恵美さんは自宅で首を吊って亡くなった。遺書はなく、動機は不明。しかしひとつ、気になることがあります。恵美さんは鈴木さんと同じジーンズショップで働いていましたね？」

彼女は答えない。何か言ったら、すべて話してしまいそうな気がしたからだ。

「ふたりが勤めていたショップで話を聞きました。恵美さんと鈴木さんはかなり親密な仲だったようですね。でも恵美さんが自殺する三日前、ふたりは店内で派手な喧嘩をしたそうです。原因はどうやら鈴木さんの浮気らしい。そして恵美さんは店を飛び出し、それきり顔を出さなかった。そのことはご存じでしたか」

頷いてしまった。ああ駄目だ、我慢ができない。彼女は正面を見た。刑事も彼女を見ていた。きつそうな顔立ちの女だが、その視線は柔らかだった。

「娘は……恵美は、あの男のことが本当に好きだったんです。なのに……」

つい、口に出した。刑事は頷いた。

「失恋が恵美さんの自殺の原因だった。少なくともあなたがた夫婦は、そう考えたのですね？」

「失恋くらいで、とお思いかもしれません。でも恵美は、心の弱い子でした。中学の頃にいじめが原因で不登校になって、ずっと家に引き籠もっていて……でもやっと社会に出て、自分で仕事をしようという気持ちになってくれたんです。これでやっとあの子も人並みに幸せになってくれると、そう安堵していたところでしたのに……」

「あなたがたには自殺の原因となった鈴木さんへの怨みがあったわけですね？」

「通夜にあの男が来ました。あの派手な頭のままで。夫は彼に詰問しました。どうして恵美を捨てたのかと。でもあの男は言ったんです。『捨てたつもりはない。恵美が勝手に浮気を疑って喧嘩を吹っかけてきて、こっちの言い分も聞かずに店を飛び出したんだ』と。『自殺するとは思わなかった』とも言いました。無責任な言葉でした」

「それで鈴木さんを殺そうとした？　でも、あの日の道下さんの行動は計画的なものではなかったですね。なのに青酸カリは用意していた。これは、どういうことですか」

「夫は……自分も自殺するつもりだったんです。それで会社から青酸カリを盗み出しました」

「なぜ道下さんは自殺を？」

「恵美が死んだのは自分のせいだと思ったからです。夫はあの子が引き籠もりになったとき、必死になって外に出そうとしました。自分で引き籠もりの子供のことを学んだり、専門家に相談したりして、いろいろな手を尽くしました。ボランティアの力も借りました。やれることは何でもしました。その結果、恵美は外に出てきてくれました。そして自分から働くと言ってくれました。夫は本当に喜びました。自分の努力が実を結んだって。

でもその結果、娘は自ら命を絶つことになったんです」

話しはじめたら、止まらなくなった。彼女は語りつづける。

「夫の落胆は、それはもうひどいものでした。自分が努力してやったことが、結局娘の命を縮めてしまった。自分は間違っていた。親として、やってはいけないことをしてしまった。そう自分を責めたんです。わたしは……わたしも、何も言えなかった。わたしたちはしてはいけないことをしてしまったと思ったんです。

あの日、夫は遺書を残して家を出ました。わたしが気付いたときには、もう夫の車はありませんでした。遺書には『自分は恵美の後を追う。会社から青酸カリを持ち出した。これから死に場所を探しに行く』と書いてありました。わたしは慌てて警察に連絡しようとしました。でも、その前に警察から連絡がありました。夫が名古屋駅で交通事故を起こして、人をひとり死なせたと言われました。亡くなったひとの名前を聞かされたとき、まさかと思いました。そしてわかりました。あのひとは自分が死ぬ代わりに、あの男を殺したんだと」

「死に場所を探して車を走らせているときに、鈴木さんの姿を見かけた。それでかっとなって、ということですか」

「そのときは、そこまでわかりませんでした。ただ、あの男を探し出して車で撥ねたとばかり思ってました。すぐに警察に向かいました。でも夫には会わせてもらえませんでした」

「鈴木さんの死因が車によるものでなく青酸カリだと知ったのは？」

「次の日、また警察から連絡がありました。被害者は事故に遭う前に毒を飲まされていたらしいと。でも夫はずっと黙秘しているので事情を聞くためにまだ時間がかかりそうだって」

「誰がそんなことを、わざわざ報告したんだ」

苦々しげに女性刑事が呟くと、

「あ、それ、俺です」

調書を書いていた若い刑事が手を挙げた。

「交通事故じゃなくて殺人事件として扱われることになったんで、一応関係者のひとたちに報告しておいたほうがいいかなって思って」

「おみゃあさんなあ、どうしてそういう余計なことをするんだ」

同じく後ろにいた年嵩《としかさ》の刑事が窘めた。

「生田」

女性刑事が冷たく言う。

「その話は、後でする」

若い刑事はその言葉を聞いて、凍えるように体を震わせた。女性刑事は彼女に向き直る。

「それで、今度のことを計画したのは、いつですか」

「事件のあった、次の日です。正確には、前の晩から考えてました。夫が犯行を自供していないのなら、なんとか罪を免れさせてやりたい。でも、そのためにはどうしたらいいのか。そのとき、テレビを観ていたら、ニュースで名古屋駅で配布していたサプリのサンプル品が回収されているって言ってたんです。最初は関係ないことだと思ってました。でもいろいろ考えているうちに、ひょっとしたらこれを利用できるかもしれないって思いました。サンプルに毒が混じっていて、それをあの男が飲んだことにしたらって。本当にサンプルを飲んだかどうかわかりません。でも毒を混ぜたって言えば、警察もそう信じてくれるかもしれないと思ったんです。それで、串田製薬のホームページを見て、書き込みをしたんです」

「偶然とは恐ろしいものです。鈴木さんはあの日、実際にサプリのサンプルをもらって飲んでいました」

「わたしの嘘は、信じられたんですか」

「いいえ。信じようにも不可能だったんですよ。誰にも毒入りサプリを用意することはできなかったのですから」

刑事はその理由を彼女に説明した。

「……だから、誰にも毒の入ったカプセルをサンプルに混ぜることも、それを作ることもできなかったんです。あなたの嘘はご主人を救うことにはならなかった。ただ事態をややこしくしただけです」

「そうですか……」

彼女は項垂れた。

「いろいろと、申しわけありませんでした。あの、わたしのしたことで夫の罪は重くなるんでしょうか」

「ご主人の指示したことでない以上、罪とは無関係です。ただし、あなたは当然罪に問われますよ」

「……はい、覚悟しております」

彼女は顔を上げた。

「でも、これだけは言わせてください。わたしたちは娘が、恵美のことが不憫でならなかった。それだけなんです」

「娘さんのことはお気の毒に思います」

刑事は言った。

「しかしそれは、人ひとりの命を奪っていい理由にはなりません。嘘をついて警察の捜査を混乱させていい理由にもね」

7

琥珀《こはく》色の液体が入ったグラスを、軽く合わせる。

「とりあえずの解決、おめでとう」

「ありがと」

グラスを口に運んだ。景子の眉が少し顰《ひそ》められる。

「どうしたの？　マッカランの味がおかしい？」

「そんなことないわ。ただ、事件のことをちょっと思い出しちゃって……」

「旦那さんも結局白状したんだよね？」

「奥さんが自供したことを教えたら、涙を流して話しはじめたわ。まさか自分が警察に勾留されている間に、奥さんがそんなことをしていたとは思わなかったみたい」

「奥さんもずいぶんと大胆なことをしたよね。しかもそれが事実と微妙に合ってたから、事が複雑になってしまった」

「ある意味、夫婦間の連係プレーだったのかもしれないわね。以心伝心ってやつかな」

「それにしてもかわいそうだよね。娘さんを亡くしてご主人は殺人の罪を犯して」

「誰も悪いことはしてないのにね」

二口目のウイスキーを口に運ぶと、景子は夫を見つめた。

「とにかく、後味のよくない事件だったわ。なんだか辛気臭い気分。ねえ、明日は休みだし、気分転換しない？」

「いいね。僕も仕事が仕上がったし。映画を観る？　それともどこかに行く？　東山動植物園か明治村か、もっと足を延ばして——」

「そんなことより、一日ずっと家にいましょうよ。買い物もなし。それが一番いいわ」

「でも、それだといつもの休みと同じじゃない？」

「そうね。じゃあ……ひとつだけ、いつもと違うことしない？　そう、一日ずっと裸でいるとか」

「裸って……それはなあ。もしも宅配とか来たら困るし」

「そんなの放っとけばいいわ。よし、決めた。明日はヌーディスト・デイよ。そうと決まったら……」

景子は立ち上がり、新太郎の肩に手を掛ける。

「あ、なに？」

「いっそ今から始めましょう。さ、脱いで」

「い、いやそれは……あ……」

京堂夫妻の休日は、ここから始まるようだった。

公園の紳士

1

遺体が発見されたのは午前四時五十分頃、発見者は付近の家々に朝刊を配っていた配達員だった。

名古屋市天白区植田西、周囲をマンションに囲まれている公園のベンチに、ひとりの女性が横たわっていた。年齢は四十歳前後、ほっそりとした体付きで藤色のパーカーとジーンズを身に着けていた。

「紐状のもので首を絞められているようです」

生田刑事が報告した。

「今のところ他に外傷などは見つかっていません。死亡したのは昨日の午後十一時前後と見られるそうです。あ、もちろん詳しいことは解剖の結果待ちですが」

「身許はわからんか」

間宮警部補が訊くと、

「遺体の傍にあったバッグに財布が入ってまして、その中に保険証がありました。そこに記されていた名前は喜島香代《きじまかよ》、年齢は四十二歳。住所は天白区植田西二丁目、そこの団地ですね」

　彼が指差したのはベンチと向かい合わせの位置にある三階建ての建物だった。

「誰か確認に行っとるのか」

「天白署の人間が向かってます」

　京堂景子警部補はふたりから少し離れた位置に立って、遺体を見つめていた。午前五時半。陽はすでに昇っているが、五月の空気はまだ明け方の冷たさを残している。

　彼女は遺体の検分をした鑑識課員に尋ねた。

「絞められたのは、後ろからか」

「そうですね。後ろから絞められたと考えていいと思います」

　答える鑑識課員の声は少々緊張している。現場で京堂警部補から質問された捜査員なら当然の反応だった。

「首を絞められたとき、被害者は立っていたのか。それともベンチに腰掛けていたのか」

　続けて彼女が問いかけると、鑑識課員の表情がさらに強張る。

「それは……その……」

「わからないのか。それとも答えたくないのか」

「あ、違います！　答えたくないなんてことじゃなくて、その、まだ判断できないということで――」

京堂警部補の冷たい視線をまともに受けて、鑑識課員の言葉が途切れた。警部補は彼に興味を失くしたかのように遺体に近付き、その背中あたりを見ていた。

「パーカーの背中に擦れたような痕がある」

彼女は言った。

「ベンチの背凭《せもた》れを詳しく調べろ。パーカーの繊維が引っかかっている可能性がある。もしそうなら、被害者はベンチに腰掛けた状態で襲われたことになる」

そして棒立ちになっている鑑識課員に、

「鑑識の仕事をして、何年になる？」

「あ……あの、二年です」

「この程度のことも指摘してやらないとわからないほど素人ではない、ということだな」

言葉は氷の刃となって彼の心臓を貫いた。

「…………」

声にならない声を洩らし、鑑識課員は胸を押さえた。

「被害者が立ってたか座ってたかって、そんなに問題なんですか」

生田が尋ねた。

「座った状態で襲われたのだとしたら、犯人はこちらからやってきたことになる」

京堂警部補はベンチの後ろに廻った。じゃり、と足音がした。

「わかるな？」

「え？　何がですか」

生田はきょとんとしている。京堂警部補の視線が、また冷たくなった。

「生田、おまえはいつになったら自分の頭を使って捜査をするようになるんだ？　それとも一生脳味噌を役立てずに首の上に乗せたまま生きていくつもりか」

彼女の言葉は鋭いナイフとなって彼の肺を抉《えぐ》った。

「う……」

声にならない悲鳴を洩らしながら、生田は後退る。

「ベンチの後ろからそっと近付こうとしても足音がして気付かれる、ということだわ」

間宮が助け船を出した。

「それでも座った状態で首を絞められたんだとしたら、被害者は犯人が後ろにおることを知っとって、なおかつ自分が殺されるとは思っとらんかったということだわ。つまり犯人は被害者の顔見知りだと。そういうことだわな、景ちゃん？」

京堂警部補は小さく頷いて、

「被害者が夜の公園にいたということも考え合わせれば、犯人像はかなり絞られる。夜遅くに呼び出したか呼び出されたか、そのあたりの事情を調べることが肝要です」

「それがわかれば、犯人も特定できそうだわな。これは案外、早く解決するかもしれんてなあ？」

間宮の言葉に、京堂警部補は応じなかった。ただ黙って遺体を見ていた。

2

「思ったとおり、そんなに簡単に解決できる事件じゃなさそうなのよねえ」

溜息交じりにそう言った後、景子はスプーンで掬《すく》ったカレーを口に運んだ。

「……ああ美味しい。空きっ腹に染みるわあ。今日はカレー食べたかったのよ。それもこの茄子と挽き肉のカレーがっ」

「それはちょうどよかったね。たまたま茄子が安かったんで作る気になったんだけど」

クレソンとマッシュルームのサラダをボウルに小分けしながら新太郎が言った。

「珍しくクレソンも安かったんだ。景子さん、好きでしょ」

「好き好き大好き！　安売りしてくれてたスーパーに感謝だわ。まるでわたしの気持ちを汲んでくれたみたい。事件のほうもこんなふうにわたしの思いを察してさっさと解決してくれればいいのに」

「そんなに面倒な事件なの？」

「面倒っていうかさあ、今ひとつ印象がはっきりしないのよね。妙な紳士も出てくるし」

「紳士って……いや、とりあえず食べてよ。話は後で聞くからさ」

夫の言葉に、景子は意外そうな顔で、

「へえ、新太郎君も最近は素直にわたしの話を聞いてくれるようになったんだ」

「そりゃあ結婚して以来、ずっと事件の話を聞かされつづけてるからね。達観しちゃったよ」

「そういうの達観って言うかな？　まあいいけど。じゃ、一気にいっちゃうわね」

景子は瞬く間にカレーとサラダを平らげる。旺盛な食欲だった。

「あー、満足！　やっと人間らしい気持ちになった気がする」

「コンビニで新しいアイスを見つけたんだけど、デザートに食べる？」

「食べる食べる！」

新太郎が冷凍庫から取り出したのは白玉と小豆がトッピングされた抹茶アイスだった。

「あ、抹茶が濃い。美味しいわこれ」

「うん、美味しいね」

新太郎も頷きながら、

「それで、殺された女のひとは保険証の名前のひとだったの？」

「そう。喜島香代。公園の隣にある植田西団地三階三〇二号室に住んでたわ。ちょっと身許確認に時間がかかったけどね。なにせ家族がなかなか見つからなくて」

「家に誰もいなかったの？」

「香代は夫の喜島嶽夫《たけお》とふたり暮らしでね、子供はいないの。で、その嶽夫はトラックの運転手をしてるんだけど、昨日は松山までの長距離運転で出かけちゃってたのよ。勤めてる運送会社に戻ってきたのは今日の午後三時過ぎで、そのまま彼を遺体を安置している病院まで連れていって確認してもらったわ」

「嶽夫さんが家を出たのは何時？」

「昨日の午後九時だって。会社に到着したのは九時二十七分というのがタイムカードで確認できてるし、家から会社まで車で二十五分前後というのもわかってるから、この証言は間違いないみたい」

「香代さんの死亡推定時刻は？」

「解剖の結果では昨日の午後十時から今日の午前三時の間。嶽夫が香代を殺害してから会社に向かったという可能性はないわね」

「やっぱり嶽夫さんは疑われたんだね」

「一応はね。でも夫婦仲は良かったみたいだし、最初からそれほど疑ってたわけじゃないけど。ね、コーヒー飲みたい」

「了解」

新太郎は席を立ち、キッチンに向かった。ポットにペーパーフィルターをセットし、ミルで挽いたコーヒー豆を入れて熱湯を注ぐ。

「それで、どうして香代さんは夜中に公園に行ったのかな？」

「それがわからないの。嶽夫に尋ねても心当たりがないって言うだけだし」

「嶽夫さんが出かけるとき、香代さんに何か変わったところはなかったの？」

「特にはなかったみたい。いつもどおりに送り出してくれたそうよ。ただ」

「ただ？」

ふたつのカップに注ぎ分けたコーヒーを持って新太郎は戻ってくる。そのひとつを受け取りながら、景子は言った。

「最近、香代の様子が少しおかしかったんだって。なんだか塞ぎ込んでたみたい」

「理由はわからないの？」

「嶽夫はわからないって言ってる。どうしたのかって訊いてみたけど、香代は答えてくれなかったらしいし。明日は近隣のひとたちから情報を集めるつもりだけど、今のところは五里霧中ね」

「ふうん」

　新太郎はコーヒーを一口啜《すす》って、

「それで、さっき言ってた『妙な紳士』って何？」

「今日、付近の聞き込みをしてて入ってきた情報なんだけどね、香代が死んでたベンチにはここ最近、毎日同じ男性がずっと座ってたんだって」

「どんなひと？」

「目撃者の話によると年齢は六十歳くらい。小柄で眼鏡を掛けてて、いつもグレイのスーツを着てるそうよ。身形はきちんとしてて、見るからに紳士って感じなんだって。その紳士は毎日昼過ぎから夕暮れにかけて、問題のベンチに座ったまま動かなかったようね。不審者ってわけじゃないけど、公園で子供たちを遊ばせているお母さんたちの間では噂になってたみたい」

「どこの誰かもわからないの？」

「今のところはね。今日も来るかと思って生田を公園に張り込ませたんだけど、結局姿を見せなかったわ」

「事件のことを聞いて避けたのかな」

「それとも来られなくなった理由があるのか。どっちにしても、ちょっと気になるのよね。ねえ、その紳士が犯人だと思う？」

「いや、それはまだわからないよ。事件に関係しているのかどうかもはっきりしないし」

「そうよねえ。同じベンチに座ってたってだけじゃ疑うわけにもいかないもんね。でも、気になるんだなあ」

そう言いながら景子はコーヒーを啜る。新太郎はそんな妻の様子をじっと見ていた。

3

翌日、生田刑事と間宮警部補は喜島香代が住んでいた団地で聞き込みを続けた。

最初は隣室三〇三号室に住む津田《つだ》という男性から話を聞いたが、独り暮らしだというその老人は喜島家とは交流がないと言い、有益な情報は得られなかった。

「仲が悪いというわけじゃないけど、そんなに親しくもしてなかったんでね。向こう隣の高《たか》良《ら》さんなら何か知っとるかもしれんが」

三〇一号室には高良義和《よしかず》と徳子《とくこ》の夫婦が住んでいた。生田と間宮が訪れたときは徳子が在宅していた。恰幅のいい三十代の女性だった。

「喜島さんですか。奥さんとはときどきお話ししたことがありますよ。でも、まさか殺されるなんてねえ」

徳子ははち切れそうに丸い顔を顰《しか》めた。

「最後に喜島香代さんに会ったのは、いつですか」

生田の問いに徳子は即答した。

「一昨日のお昼だったわ。買い物から帰ってきたらドアの前でばったり」

「そのときの様子は？」

「さあ……挨拶してすぐに家に入っちゃったから……でも、特に変わった感じはなかったと思うけど」

「そうですか。では、ここ最近で喜島さんに何か変わったことはありませんでしたか」

「そうねえ……ああ、そういえば前に喜島さんのところに変なひとが来てたわ」

「変なひと？」

「男のひとでね、インターフォンを押した後でドアを叩いたりして、出てきた奥さんと戸口で話をしてたんだけど、ちょっと怖い感じだった。言葉遣いが乱暴で」

「よくわからないけど、『困るんだよ』とか『逃げられないよ』とか。わたしの印象だけどね」

と、急に声を低めて、

「あれ、借金取りだと思うわ。前にうちの弟が借金取りに追われてたとき、あんなのが家に押しかけてきたからわかるの。恫喝《どうかつ》のしかたがそっくりだったもの」

「借金取りですか……」

生田は間宮と顔を見合わせる。

「喜島さんの奥さん、借金取りに追われて自殺したのかしら。あ、でも殺されたのよねえ。どっちにしても怖いわ」

徳子は大きな体を震わせてみせる。

「ほんとにもう、この団地もどうしちゃったのかしら。去年もひとり自殺しちゃったし」

「自殺？　それはいつですか」

「十月だったけど、二階に住んでた奥さんが首を吊って。あのときも大騒ぎしてたわね。こんなに立て続けに起きると、なんか悪いものがこの団地に取り憑《つ》いてるんじゃないかって思えてくるわ。だからって引っ越しもできないんだけど」

「その借金取りらしき男のことですが、どんな男でしたかな？」

間宮が尋ねると、徳子は首を捻りながらその人物のことを思い出して話した。年齢は四十歳前後、大柄で丸刈り、顔はよくわからないが人相は悪かった。緑色のブルゾンに黒いズボンを穿《は》いていたという。

「借金のいざこざで殺されちゃったのかしら、喜島さん」

徳子は太めの眉を顰める。

「どうでしょうねえ」

生田は言葉を濁した。

「ところで、他に喜島さんと親しかったひとをご存じないですか」

「親しかったひとねえ……二階に住んでる前田《まえだ》さんの奥さんかしら。ときどき通路で話をしてるのを見かけたことがあるけど」

生田と間宮はすぐに二階へと向かった。前田美佐江《みさえ》の部屋は二〇二号室だった。

「喜島さんですか。ええ、親しくさせていただいてました。まさか殺されるなんて……」

美佐江は表情を曇らせる。五十歳くらいでかなりの長身、スタイルもよく身に着けている紺のワンピースも垢抜けて見えた。

「どういうきっかけで親しくなられたんですか」

生田が尋ねると、

「わたしが趣味でポーセラーツをしていて、それを習いたいってひとたちが何人かここに来るようになったんです」

「ポーセラーツ？　何ですかそれ？」

「これです」

美佐江が指差したのは、玄関の下駄箱の上に置かれている皿だった。

「白い磁器に絵の具を塗ったりシールを貼ったりして飾りつけるものです」

その皿には色とりどりの果物が描き込まれていた。

「これはまあ細かい仕事ですなあ。これを奥さんが描いたんですか」

間宮が感心したように言うと、

「これでも一応、美大で絵を勉強しておりましたので。今ではこんなものしか作れませんけど」

美佐江は謙遜するように言った。

「喜島さんはこのポーセなんとかというのを奥さんから習っておったんですか。他にも生徒さんはおるんですか」

「生徒というより仲間ですけど、他にも何人かいらっしゃいます」

「そうですか。ところで喜島さんは、どんなひとでした？」

「真面目でおとなしい、でも親しみやすい方でしたわ」

「何かトラブルみたいなものを抱えていたという話は聞いてませんかな？　たとえば借金とか」

「借金ですか。それは聞いたことがありませんけど……でも」

「でも、なんですか」

「悩みといえばひとつ、困ったことがあったみたいです。なんでもストーカーに付きまとわれているとか」

「ストーカー？　どこの誰ですか」

「名前まではわかりません。ただ、いつも公園にいて、自分を監視しているとか」

「公園ですって⁉　隣の？」

勢い込んだのは生田だった。美佐江は頷く。

「いつも公園のベンチに座って、喜島さんの部屋を見ているんだそうです。なんだか気味が悪いって言ってました」

ふたりの刑事はすぐに三階に戻り、三〇二号室のインターフォンを押した。喜島嶽夫は在宅していた。

「ああ刑事さんですか。女房は、いつ帰ってきますか」

読みかけらしい本を手にしたまま、憔悴《しょうすい》した顔で嶽夫は尋ねる。髭は伸びたまま、髪にも櫛を入れていないようだった。

「ご遺体の検分が済んだらすぐにお返しいたします」

間宮が答えると、彼は力なく項垂れる。

「葬式を、出してやらんといかんのでねえ。まだあいつが死んだなんて、信じられんのですが……」

嶽夫は持っていた本の表紙を間宮たちに示した。『ポーカー攻略術』とある。

「あいつ、こんなものを読んでおったんですよ。赤線いっぱい引いて、ずいぶん熱心に勉強しておったようです。何の趣味も持ってないと思ってたが、こういう面もあったんだなあ。そうと知っていたら、俺も相手してやったのに……」

しみじみとした口調で、彼は言った。

「お察しいたします。こんなときに申しわけないんですが、ちょっと教えていただきたいことがありましてな」

間宮は前田美佐江に聞いた話を嶽夫に語った。

「ストーカー？　女房にですか」

嶽夫は眼を見開いた。

「ご存じありませんかな？」

「聞いたこともないです。まさか女房に……ああ、でも最近あいつが塞ぎ込んでいたのは、そのせいだったのかねえ。そうならそうと言ってくれればよかったのに……もしかして、女房はそのストーカーに殺されたんですか」

「それはまだ。これから調べるところです」

「どうして俺に話してくれなかったのかなあ。そんなに信用されてなかったのかなあ……」

嶽夫の瞳が潤んでいた。

「たしかに仕事が忙しくて、あんまりかまってやれなかったけど、でも夫婦なんだから……俺たち、夫婦だったのに……」

ひとしきり嘆いた後で、彼は言った。

「そのストーカー云々《うんぬん》って話、どこから聞いたんですか」

「奥さんがポーセなんとかってものを教えてもらっとった下の階の奥さんからです」

「ポーセ？　何ですかそれは？」

「瀬戸物に色を付ける趣味だそうですが」

「瀬戸物……そういえば知らんうちに食器棚に下手くそな色付けのカップが並んでおったが、

あれがそうか。香代のやつ、そんなことしておったのか」

「その趣味のことも知らなかったんですか」

「知りませんでした……ポーカーのことといいストーカーのことといい、俺はあいつのことを何にも知らんかったんだなあ……」

嶽夫は、また泣いた。

「じゃあ、借金取りのことも知らないんですか」

生田がいきなり尋ねる。嶽夫は顔を上げ、

「借金取り？　何のことですか」

「奥さんのところに借金取りらしい男が押しかけていたって」

「そんな馬鹿な。あいつが借金なんか――」

嶽夫の言葉が途切れる。

「まさか、あれが……」

「心当たりでも？」

間宮の問いに、彼は「ちょっと待ってくれ」と言って奥に引っ込み、すぐ戻ってきた。

「電話台の抽斗《ひきだし》に、これが入っておったんです」

彼が差し出したのは二枚の名刺だった。どちらも同じ名前だ。

「クロエ・ファイナンス、虎沢暁雄《とらさわあけお》……知らない名前ですか」

「はい。会社の名前も知りません。でもこれ、金貸しの会社ですよね？」

「恐らくは。調べてみます」

「この上、借金まで……俺は女房の何を知っていたんだ」

嘆きつづける嶽夫に、間宮は言った。

「ときに喜島さん、ちょっと部屋の中を見せていただいていいですか。確認したいことがあるんですが」

「……ああ、どうぞ」

中に入った間宮と生田は、リビングの窓から外を覗いた。犯行現場となった公園が見える。

「間宮さん、あのベンチ」

「ああ」

喜島香代が死んでいたベンチ、そして身許不明の紳士がずっと座っていたというベンチを、窓から真っ直ぐ見ることができた。

「たしかにあのベンチからなら、この部屋をずっと監視できたわけだな」

間宮は呟いた。

4

「で、間宮さんと生田は次にクロエ・ファイナンスという会社へ向かったわけ」

甘酢餡《あん》のかかった鰯《いわし》の唐揚げを食べながら、景子は言った。

「思ったとおり金貸しだったわ。虎沢暁雄という男が社長だったんだけどね、特徴は高良徳子が話してたのと一致したの」

「香代さんはその虎沢って男に借金をしてたわけ?」

新太郎が訊くと、景子は頷く。

「五十万ほど借りてたそうよ。虎沢が言うには法に則った融資ということだったけどね」

「香代さんは借りたお金をちゃんと返していたのかな?」

「それがね、虎沢が言うには返済が滞りがちだったんだって。だから直接彼女のところに出向いて返済を迫ったみたい。ただ、違法な取り立てはしていないと弁解してたそうよ。もちろん殺したりなんかしてないって。まあ、普通は貸した側が借りた側を殺すとは思えないけどね。あ、この厚揚げと白菜の煮たの、美味しい」

「ありがと。でも香代さんはどうしてお金を借りたのかな?　生活に困ってたの?」

「旦那の喜島獄夫の話では、贅沢《ぜいたく》はできないけど生活に困るほど貧乏でもなかった、ということなんだけどね。だから奥さんがどうして金に困っていたのかもわからないって」

「旦那さんにも内緒の借金か……ところで香代さんの解剖の結果は出たんだよね？　何か変わった所見とかあった？」

「特には。死因は頸部圧迫による窒息死で、他に外傷はなし」

「薬物の痕跡は？　覚醒剤とか麻薬とか」

「そういうものもなかったけど……あ、香代さんの借金の原因がそっちだと思った？」

「もしかしたらってね。ドラッグに手を出して金が必要となったって可能性はないかなって。でも見込み違いだったか……」

　新太郎は首を傾げる。

「じゃあさ、ストーカーのほうは？　何かわかった？」

「うん、そっちなら進展があったわよ。公園のベンチにずっと座ってた紳士の身許がわかりそうなの。聞き込みを続けてたら、あのあたりでアルミ缶なんかを拾い集めてる男性が、公園で紳士を見かけたって証言したの。でね、そのひとは紳士のこと、どこかで見かけたことがあるなって思ったんだって。で、後になって思い出したそうなんだけど、半年くらい前にその紳士、香代さんが住んでた団地に出入りしてたんだってさ」

「え？　団地の住人なの？」

「スーパーのレジ袋を持って団地に入っていくのを見かけたっていうことだから、その可能性が高いわね。で、今ちょうど団地の住人をもう一度総ざらいしているところなの」

「その団地には何家族住んでるの？」

「戸数は全部で十五だけど、住んでるのは十四家族らしいわ。それで――」

景子が言いかけたとき、彼女のスマホが鳴り響いた。

「ちょっと待ってね」

彼女は立ち上がり、スマホを手に取る。

「もしもし？　……ああ、わたしだ」

声が仕事のときのトーンに変わった。

「……それは本当か……よし、わかった。詳しくは明日だ」

スマホを切った景子は納得いかないといった表情をしている。

「どうしたの？　誰から電話？」

「生田からだったんだけどね。団地に住んでる男性を全員チェックしたけど、該当する者は見つからなかったって」

「そうなの？　じゃあ団地に住んでたってのは……」

「間違いかもね。あーあ、また一から調べ直しかあ」

　景子は溜息をつく。その様子を見ていた新太郎は、ふと思い出したように、

「団地は全部で十五戸あって、十四家族住んでるって言ってたよね。ということは、一戸空いてるってこと？」

「そういうことよね……ああ、もしかして」

「そこに住んでたひとが紳士かもしれないね。十月に団地の二階で自殺があったって話をしてたでしょ。奥さんが首を吊ったとか」

「ええ、そうだけど」

「奥さんが自殺して、ご主人はその部屋に住んでいられなくなったのかもしれない。それで引っ越したのかも」

「自殺したひとの旦那が紳士だというの？」

「他に該当するひとがいないのなら、その可能性もあるんじゃないかな」

　景子は夫の言葉を吟味している様子だったが、

「……わかった。そっちを調べさせるわ」

　そう言って、電話をかけはじめた。

5

翌日、生田と間宮は現場となった公園から歩いて十分ほどの距離にあるアパートに向かっていた。

築三十年ほど経っていそうな、かなり老朽化した建物だった。二階へと上がる外階段は錆び付いていて、足を乗せると嫌な音を立てて軋んだ。

目的の部屋のドアには「関口《せきぐち》」と書かれたプラスチック製の表札が貼り付けられていた。呼び鈴を押すと立て付けの悪いドアがぎこちなく開いて、男が顔を見せた。身長は百六十センチあるかどうかというところ。見た目は六十歳前後、白髪まじりの髪をきれいに撫でつけている。整った顔立ちに丸縁の眼鏡が、いかにも紳士然としていた。ただ身に着けていたのはスーツではなく、ゆったりとしたダンガリーシャツと黒いスラックスだった。

「関口富也《とみや》さんですか」

間宮が警察手帳を示した。

「そうですが。何かご用ですか」

関口は応じた。落ち着いた声だった。

「前に住んでおられた団地のことで、ちょっと伺いたいんですが、よろしいですかな？」

「かまいませんよ。どうぞ」

彼はふたりの刑事を部屋の中に招き入れた。

「独り暮らしで散らかっておりますが」

弁明するように言ったが、室内はきちんと整理されていた。キッチンに置かれたテーブルや椅子は古いものだが、丁寧に扱われてきたのか傷も汚れもあまり目立たない。その奥には六畳間があったが、そこも塵ひとつ落ちていなかった。畳の上にカーペットを敷き、やはり古びたソファとテーブルを置いている。

関口はソファに座ったふたりの前にティーカップを置いた。

「今、紅茶を用意しますので」

おかまいなく、と間宮が言いかけたが、関口はキッチンに向かった。戻ってきたときにはガラス製のティーポットを持っていた。

「さて、団地の件と言いますと、どんなことですか」

ポットをテーブルに置いて、彼は尋ねてきた。

「団地の隣の公園で喜島香代という女性が殺害されていたことはご存じですかな？」

「テレビと新聞で知りました。そういえばあの日、パトカーが騒がしかったですね」

「喜島さんとはお知り合いでしたか」

「いえ。私は団地の住人とは面識がほとんどありませんでした。この三月まで会社勤めをしておりまして、団地の方々との交流もありませんでしたので」

「奥様はどうでしたでしょうかな？」

「達子《たつこ》は、どうでしょうね。あれは人付き合いのいいほうだったから、同じ団地の奥さんたちとは親しかったかもしれません」

「そうですか」

頷きながら間宮は紅茶が注がれたカップを見つめた。

「もしかして奥さん、ポーセなんとかって趣味はありませんでしたか」

「ポーセ？　何ですか」

「瀬戸物に色を塗ったりして飾る趣味ですわ。このカップもなんだか手描きっぽい絵柄ですが」

「さあ、どうでしょうね。そんな話は私にはしなかったです」

言いながら関口は自分のカップを眺める。

「こういうものには疎くてね。私たちの年代の男はほとんど、仕事のことしか知らないで生きてきたんですよ。だからこの歳になっても世間知らずです。達子がどんな趣味を持っていたのかも何か教わっていたのかも知りませんでした」

「どこの家でも似たようなものですよ。ところで奥様が亡くなられたのは十月でしたな。失礼ですが、何が原因だったんですか」

「わかりません」

そう言って関口はカップを置いた。

「二十年以上も連れ添っていたのに、あいつのことを何にも知らなかった。自殺するほど悩んでいたなんてことも気付かなかった。亭主失格です」

「遺書とかは？」

「ありませんでした。だから何にもわからないままなんですよ」

関口は力のない笑みを浮かべた。

そのとき、生田が唐突に口を挟んだ。

「あの、本当に喜島香代さんのこと、知らないんですか。もしかして、喜島さんのストーカーとかしてなかったですか」

間宮が渋い顔をして後輩を横目で見る。しかしいつも景子の強力な視線を浴びている彼は、その程度の目配せなど屁とも思わないようだった。

「私がストーカーですか。それは心外な話ですね。どうしてそんな容疑がかかることになったんですか」

関口の受け答えは落ち着いていた。生田はさらに質問する。

「関口さん、ずっとあの公園のベンチに座って喜島さんの部屋を見てたでしょ」

「公園の……ああ、なるほどね」

得心したように、彼は頷いた。

「たしかに毎日、あの公園のベンチに座っておりましたよ。しかしそれはストーカーなんてことのためじゃないです」

「じゃあ、何のために？」

「理由はありません。強いて言えば、暇だったからです。会社も辞めて独り暮らしだと、何もすることがないんですよ。あそこはちょうど日当たりもよくて、一日ぼんやりとするには格好の場所なんです」

「本当に、それだけの理由ですかな？」

間宮が重ねて尋ねる。

「ええ」

関口は短く答えた。

「一昨日から公園に来なくなったのは、なぜですか」

「それはもちろん、あの事件が起きたからですよ。もうあのベンチに座る気にはなれませんから」

動じる様子もなかった。間宮はさらに尋ねる。

「三日前の午後十時から翌日の午前三時にかけて、どこで何をされてましたかな？」

「アリバイですか。私も疑われているので？」

「一応関係者全員にお尋ねすることになっているんです」

「そうですか。しかし困ったな。その時刻はいつも家に独りでいます。というか、ほとんどの時間、私は独りきりです。疑われても弁明しようがない」

そう言って関口は微笑んだ。

6

「その後、生田と間宮さんはもう一度、前田美佐江のところに行って、関口達子がポーセラーツを習ってたかどうか尋ねたの。そしたら彼女も一時期、講習を受けてたんだって」

報告しながら、景子は麻婆豆腐を口に運ぶ。

「あ、これ山椒が利いてる。美味しい！」

「景子さんピリ辛が好きだから、少し多めにしてみたんだよ。それで、関口さんはいつまでポーセラーツの講習を受けてたの？」

「それが去年の夏頃に一ヶ月ほどやってきて、それきりやめちゃったんだって。だから美佐江も達子のことはあんまり詳しく知らないって言ってたそうよ」

「ふうん……だとしたら……」

　新太郎は黙り込んだ。

「どうしたの？」

「……うん、ちょっと考えてるんだ。景子さん、とりあえず食べてて」

「……わかった」

　景子が散蓮華《ちりれんげ》で麻婆豆腐を掬い取り口に運ぶ間も、新太郎は黙って考え込んでいた。そして彼女が食べ終わる頃、

「……そういうことなのか……」

　と、彼は呟いた。

「なになに？　どうしたの？」

「いや、ちょっと思いついたことがあってさ。景子さん、関口富也さんを説得できないかな」

「説得？　どういうこと？」

「僕が考えるとおりなら、事件はまだ終わってないはずなんだ。次は関口さんのところで起きると思う」

「それってつまり、関口が犯人ってこと？　彼に自白しろって説得するの？」

問いかける妻に、新太郎は自分の考えを話した。

「これはね、とってもややこしい話なんだ」


その翌日の夜、午後十一時過ぎのことだった。

関口富也はアパートの自室でソファに腰を下ろしていた。

CDプレーヤーからフジコ・ヘミングの「ラ・カンパネラ」が流れている。関口は眼を閉じ、その旋律に身を委ねていた。

夜遅くに独りきりだというのに、彼はスーツを身に着けネクタイを締めていた。髪も丁寧に櫛を入れている。

プレーヤーは再生が終わると最初からリピートする。彼は今夜、もう何度となくこの曲を聴いていた。

後に関口は、これが妻との思い出の曲なのだと語った。達子と初めてデートをしたとき、コンサートで聴いたのが「ラ・カンパネラ」だったと。

呼び鈴が鳴る。

関口は眼を開いた。瞳が潤んでいた。

彼はゆっくりと立ち上がる。曲は流したまま、ドアに向かった。

ここに住みはじめたときから、ドアの立て付けは悪かった。開けるには多少力をかけないといけない。すでに彼はそのコツを摑んでいたが。

開いたドアの向こうには、約束した人物が立っていた。

「いらっしゃい。どうぞこちらへ」

彼は来客を部屋に招き入れた。

狭い部屋には不釣り合いなソファを勧められ、客は腰を下ろす。関口は向かい側に座った。

「こうしてお会いできるのを心待ちにしていましたよ」

彼は言った。

「まだ半年しか経っていないのに、とても長い時間がかかったような気がします。妻が亡くなってから私の時間は止まったままなんですよ」

「心中お察しします」

と、客は言った。

「今日は誤解を解きたくて、ここに来ました。ご存じだと思いますが、奥様のことで責任を負うべきなのは喜島香代さんです。彼女がすべての元凶なんです」

「やはりそうですか。あの女が達子にあんなことをさせたんですね」

「そのとおりです。わたしはまったく知りませんでした。知らないところで、彼女たちはあのような悪い遊びに手を染めていたのです」

「遊び……たしかに最初は遊びのつもりだったんでしょうねえ。しかしああいうことはエスカレートしやすい。特に達子のように免疫のない者はね。それで二進《にっち》も三進《さっち》もいかなくなってしまった。挙げ句の果てには自らの命を絶つまでに……やりきれなくなります。もう少し早くに気付いてやれていればよかったのに」

「わたしも悔やんでいます。知っていたら絶対に止めていました」

「でしょうね。あなたは教養があり、賢い方だ。あんな悪癖には染まっていないと信じていますよ……あ、そうそう、客人に紅茶をお出ししないと」

　関口は席を立ち、キッチンに向かった。

　ティーポットにヌワラエリヤの茶葉を入れ、湯を注ぐ。

　客は持っていたバッグを開き、中から荷造りロープの束を取り出した。そしてゆっくりとソファから立ち上がり、関口の背後に立つ。

彼はポットを見つめたまま動かなかった。客は手の中のロープを伸ばすと、一気に関口の首に巻き付けた。

そのままロープを持った腕を突き上げ、彼を首吊り状態にしようとする。が、力をかける前に関口が言った。

「あなたは、悲しいひとだ」

客の動きが一瞬止まった。首にロープを巻き付けられたまま、関口は言葉を継いだ。

「自分の罪を糊塗《こと》するために、さらに罪を重ねようとする。本当に悲しいことです。かまいませんよ、このまま私を殺しても。どのみち私は死ぬつもりでいたんですから。でもね、あなたはそれでいいんですか。人を殺したという事実を隠して生きていけますか。一生自分の罪を隠し通すことができるのですか。それは難しいと思いますよ。なぜならあなたにも良心があるはずだからです。すべてのひとを欺くことができても、自分の良心だけは騙《だま》せない。あなたはきっと、後悔の念に苛《さいな》まれます。自分のしたことの罪深さに我慢ができなくなるんですよ。私は知っています。人間はそんなに強くない。だから間違いを犯すし、その間違いを悔やみもする。でもね、自分がやってしまったことは、自分で解決しなければならないんです。あなたは取り返しのつかないことをしてしまった。それでも、いつだってやり直すことはできるんですよ。罪を重ねることはおやめなさい。今からでも遅くはない。罪を認めるんです」

　ロープを握っていた手が、離れた。関口は自分の首に巻き付いていたそれを、ゆっくりと解いた。そして、客に向き直った。

「わかってくれて、ありがとう」

　それまで閉まっていた隣室の障子戸が開いた。関口の視線は、そちらに向かう。

「終わりましたよ、刑事さん」

　彼の言葉に、京堂警部補は頷く。

　立て付けの悪いドアが開いて、生田と間宮が部屋に入ってきた。

　京堂警部補は放心状態の彼女に言った。

「ご同行願います、前田美佐江さん」

　糸が切れた人形のように美佐江は頽《くずお》れ、泣き伏した。

7

「最初に気になったのは、ストーカーの話なんだ」

　ロックグラスに注がれた琥珀色の酒を眺めながら、新太郎は言った。

「香代さんがストーカーに悩まされているって話は、美佐江さんだけが言ってることだった。香代さんのご主人も知らなかった。でもさ、夫に言わないことを習い事の先生にだけ話すなんてことがあるかなって疑問に思ったんだ」

「それで、ストーカー云々は美佐江の嘘なんじゃないかって疑ったわけね」

そう言って、景子はスコッチを一口飲む。ふたりの間には新太郎が常備菜として作っておいた牛肉の時雨煮を盛った小皿が置かれていた。

新太郎は妻に尋ねた。

「美佐江さんのところに集まってた女性たちは、ポーセラーツ以外に何をしてたの？」

「ポーカーよ。それもただのカードゲームじゃなくて、賭けをしてたの。最初はお遊びだったんだけど、だんだんエスカレートして結構なレートでやってたみたい」

「香代さんがポーカーの本を読んでたのは、そのためだったんだね。胴元は美佐江さん？」

「そのとおり。彼女が取り仕切ってたみたい。関口達子さんは家の金を使い込むまでにのめり込んでしまって、負けた分を支払うことができなくなって、自殺してしまったの」

「それは……かわいそうな話だね」

「ええ。関口さんは奥さんが死んだ後、その事実を知ったの。遺書はない、とか言ってたけど本当は達子さん、全部書き記した遺書を残してたんだって」

「事情を知った関口さんは、美佐江さんに復讐することを考えた、のかな？」

「ええ。でもどうやったらいいのかわからなかったんだって。警察に報せれば奥さんも賭博をしてたことを言わなきゃならなくなる。それは避けたかったみたい。かと言って美佐江のところに怒鳴り込んでいくことも関口さんの性格ではできなかった。考えた末の行動が、毎日公園のベンチに座ることだったの」

「美佐江さんは香代さんをストーカーしてたんだって言ってたけど、関口さんは香代さんの住む三〇二号室じゃなく、その真下の二〇二号室、つまり美佐江さんの部屋を監視してたんだね」

「そういうこと。毎日眼に見えるところにいて自分の存在を突き付ければ、相手が何らかの行動に出ると考えたのね」

「でも、行動に出たのは美佐江さんじゃなくて、香代さんだった」

「香代さんもポーカー賭博で負けた分を払うために借金をしてたの。金貸しに返済を迫られたりして、かなり切羽詰まってたみたいね。そんなだから関口さんの無言の圧迫に誰よりも早く降参してしまって、彼に知っていることを全部話してしまう決心をしたの。彼女のほうから関口さんに連絡を取って、あの夜、ご主人が仕事でいなくなってから公園で会う約束をしたのね」

「そのことを美佐江さんは知ってしまった」

「ええ。自分が賭博の胴元をやっていることを暴露されたくない彼女は、公園で関口さんを待っていた香代さんのところへ行ったわけ。そして自分も本当のことを話すからって騙して、油断した香代さんの背後から襲ったってわけ」

「関口さんは約束どおり公園に行ったんだよね？　そして香代さんの遺体を見つけた」

「びっくりして逃げてしまったんだって。そのときに警察に報せてくれればよかったのに。だけどやっぱり奥さんが賭博をしていたことは秘密にしたくて、通報できなかったと言ってるわ」

「一方、香代さんを殺した美佐江さんは、その罪を関口さんに擦《なす》り付けようとしたんだね。彼を香代さんのストーカーに仕立て上げて」

「関口さんが香代さんを殺したことにして、次に関口さんも殺し、自殺に見せかけるというのが彼女の計画だったの。それも新太郎君の見立てどおりだったわ」

「確信は持てなかったけど、そういう筋書きだろうなって思ったんだ。だから関口さんを説得して真相を話してもらって、美佐江さんの犯行を未然に防ぎたかったんだよ。それにしても、どうして美佐江さんが関口さんを殺しそうになるところまで待ってたの？」

「それが関口さんの願いだったからよ。わたしが説得しに行ったら、彼は『本当のことを話す代わりに、自分を囮《おとり》にしてくれ』と言ったの。そんな危険なことはさせられないって言ったんだけど、そうでなければ何も話さないって言われちゃってさ。どうしてあんなことしたのか、意味がわからないんだけど」

「僕にはわかる気がするよ」

新太郎は言った。

「関口さんは、奥さんを死に追いやった美佐江さんの罪を自分の力で暴きたかったんだ。それが彼の精一杯の復讐だったんだよ」

「……そうか」

呟くように言うと、景子は残りのスコッチを口に含んだ。

「なんだか悲しいわね。でも関口さん、奥さんのことが好きだったんだろうなあ」

「そうだろうね」

新太郎も酒を飲み干した。

「おつまみも残ってるし、もう一杯いく？」

「うん」

景子は笑顔で頷いた。

右腕の行方

1

　庄内川《しょうない》は岐阜県恵那市《えな》を水源とする一級河川である。岐阜県内では土岐川《とき》と呼ばれるその流れは北東部の守山区から名古屋市内に入り、北部から西部へと続きながら南部の名古屋港へと注ぎ込む。

　その途中、西区にある小田井《おたい》遊水地を整備したのが庄内緑地公園だ。面積は約四十四ヘクタール。バーベキューのできるピクニック広場やバラ園、陸上競技場もある。普段から利用客の多い、名古屋でも有数の公園である。

　その公園内がものものしい空気に満たされたのは、十一月も半ばを過ぎた午後のことだった。

　公園内には初夏に蓮が花を咲かせるガマ池と足漕ぎボートで周遊できるボート池のふたつの大きな池があるが、その間を繋ぐ位置にも釣りができるようにデッキを備えた小さな池がある。

　いつもは釣り客が静かに座っているそのデッキに制服姿の警官や刑事が数人集まって池を見つめていた。

「本当に出るのかなあ」

その中のひとり、生田刑事が半ば独り言のように呟いた。

「わからん」

応じたのは間宮警部補だ。ふたりとも少々疲れた顔をしている。連日の捜査で体を休める暇もないのだった。

「どこか他のところにあるんじゃないですかね？」

「わからん」

「たしかにここにあるって確証もないんだし、骨折り損かもしれませんよねえ」

「わからん」

「何を訊いても『わからん』ですね」

「おまえが答えられんようなことばっかり訊くからだがや」

間宮が少しばかり苛立ったように言葉を返した。

「無駄かもしれんが疑いがあったら調べてみる。それが捜査ってもんだ。それくらい、おまえだって知っとるだろうが」

「そりゃわかってますけどね。でも――」

さらに愚痴ろうとする生田を、間宮が遮った。

「ほれ、ござったで」

間宮の視線の先にはベージュのトレンチコートを着た女性の姿があった。生田の背筋が即座に伸びる。

「景ちゃん、早かったな」

間宮が声をかけると、女性——京堂景子警部補はデッキに足を踏み入れた。

「司法解剖が思ったより早く終わりましたから」

景子は応じる。

「それで、状況は？」

「今、ダイバーが潜っとるところだわ」

池の水面に泡が立ち、ウエットスーツ姿の頭部が現れた。小さく首を振っている。

「水が濁っとるで、あったとしてもなかなか簡単には見つからんだろうな」

ウエットスーツがまた見えなくなった。

「そっちのほうはどうだった？　死因はわかったかね？」

「わかりました。縊死《いし》です」

「縊死？　首吊りか」

「予想どおりでした。あの男は首を吊って死んだと見て間違いない」

「自殺だってことかね？　だけど彼の遺体は――」

「わかっています。首を吊った人間の遺体が、どうして池に浮かんでいたのか。そしてなぜ、あんな姿になっていたのか」

　そう言ってから京堂警部補は、生田と間宮の顔を交互に見た。

「それを、これから調べる」

　発端は二日前、早朝のこの池で男の遺体が浮かんでいるのが発見されたことだった。すぐに警察に連絡が入り、京堂警部補たち捜査陣が現地に赴いた。

　遺体は四十歳前後、身長は百六十五センチで痩せ型、身に着けているのは青いパジャマの上下で裸足だった。身許を示すような所持品は一切ない。

　索痕《さっこん》が前頸部から耳後部にかけてあること、手足の先に死斑が集中していることなどから、当初から縊死だという所見は出ていた。しかし京堂警部補は結論を出すことに慎重だった。自殺だと断定するには、どうしても合点のいかないことがあったのだ。

　まずひとつは、遺体が池に浮かんでいたことだった。首を吊って死んだ人間が自分で池まで歩いてくるわけはないのだから、何者かがここまで遺体を運んできたことは疑いようがない。

　そしてもうひとつ、捜査陣を混乱させる事実があった。遺体には右腕がなかったのだ。

腕は死後に鉈《なた》のような刃物によって、肩と肘の中間点あたりで断ち切られていた。これも単なる自殺と考えられない理由だった。

遺体の司法解剖と並行して身許の捜査、そして見つかっていない右腕の捜索が行われることとなった。真っ先に池が調べられたのは、遺体の身許がわからない現状においては、他に調べるべき場所がなかったからだった。

「でも、どうなんでしょうねえ」

生田がまた、首を捻る。

「切り落とした腕を同じ場所に捨てるかなあ。だいたいバラバラ殺人って切断した腕なり足なりを全然違う場所にバラバラにばらまくじゃないですか。だからバラバラ殺人って言うんだし」

「何言っとる。遺体をバラバラにするからバラバラ殺人だがね」

「え？　そうなんですかあ？　俺はてっきり――」

「生田」

京堂警部補の一言が、彼の言葉を断ち切った。

「おまえは無駄話で時間を浪費させたいのか。それとも続けて何か有益な話をするつもりなのか。どっちだ？」

「あ……その、ですから……」

しどろもどろになりながら、生田は懸命に言葉を続ける。

「この捜索は無駄かもしれないと……」

「無駄か無駄でないかは結果が出ればわかる」

京堂警部補がそう言ったとき、水面からまたダイバーが頭を出した。手に何か、泥にまみれたものを持っているようだ。

「あれは……」

間宮が身を乗り出す。

「もしかして、あったのか」

ダイバーはデッキに辿り着くと、手にしたものをその上に置いた。

「ひゃあ！」

生田が悲鳴をあげた。その場にいた他の者たちの間からもどよめきが洩れる。

「何だこれは……」

デッキに放り出されたものを前にして、間宮が呻《うめ》くように言った。

「どうして……」

そこに転がされたのは、人間の腕、しかもほぼ白骨化したものだった。

いち早く動いたのは京堂警部補だった。その骨の前にしゃがみ込み、隅々まで見つめる。

「……人間の腕の骨に間違いない」

彼女は言った。

「しかも、右腕だ」

「じゃあ、あの遺体の？　でも、どうして骨になってるんですか」

生田の問いかけに、京堂警部補は答えない。ただ厳しい表情のまま、その骨を見つめていた。

2

「骨かあ……」

新太郎の表情が曇った。

「まいったなあ……どうしよう？」

「え？　どうして新太郎君がそんなに悩むの？　悩んでるのはわたしなのに」

食卓に着いた景子が問いかける。すると夫はばつが悪そうに、

「じつはさ、今夜のメニューが……手羽元と大根の煮物なんだよね」

「あ、それ大好き。でもどうしてそれが？」

「だからさ、手羽元の骨のことを景子さんが気にするかと思って」

「ああ、そういうことか。全然大丈夫よ。今までだって殺人現場から帰ってきても、お肉とか平気で食べてたでしょ。骨くらいで食欲なくしたりするもんですか。持ってきて。じゃんじゃん持ってきて」

「そういうことなら」

新太郎はキッチンから湯気の立つ器を持ってきた。中には醬油と味醂《みりん》で煮た手羽元と大根が盛られている。他にはホウレンソウのおひたしに、モヤシとキュウリの胡麻和え、そして豆腐の味噌汁というメニュー。

「わお、いただきまあす！」

景子は手を合わせると、すぐに攻略に取りかかった。

「あ、大根が柔らかい。手羽元も美味しい！」

先程までの顰めっ面は消えて、ほくほくとした笑顔で食べつづける。それを見ている新太郎も笑顔だった。

瞬く間に料理は消え失せる。食後は淹れたての焙じ茶をふたり向かい合って啜った。

「あー、ほっとする。訳のわからない事件でこんがらがってた頭が、やっとほどけたって感じ。あ、でも謎は全然解けてないんだけど」

「明らかに首を吊って死んだ男の遺体が右腕を切断されて池に浮いていた。で、池の中を捜索したら、出てきた右腕は白骨化していた。たしかに奇妙な話だね」

「でしょ？　ちょっとオカルトじみてるわ」

「その男はいつ死んだの？」

「解剖所見によると死後四日から五日経ってるということだけど」

「五日くらいで腕が骨になるかな？」

「普通なら考えられないわね。たとえば肉食の獰猛な魚とかが池に生息していて、腕を食べちゃったというのならわかるけど」

「ピラニアとか？　そんなのが池にいるの？」

「いないいない。いるのは鮒《ふな》とか、そういう普通の魚だけだって。そもそも死体が池で発見されたのは二日前よ。たった二日で骨になるなんて、やっぱり不思議よ」

「見つかった腕の骨は調べてるの？」

「もちろん、遺体の解剖をした名大医学部で調べてもらってるところ。ねえ、魚に食べられたんじゃないとしたら、どうして腕だけこんなに早く白骨化したと思う？」

「そうだな……たとえば薬品を使ったのかも。たしか骨格標本を作るときなんかは水酸化ナトリウムを使うって聞いたことがあるけど」

「苛性ソーダのことね」

「そう。別に珍しい薬品じゃないし、あれを使えばきれいに骨だけにできるはずだよ。でも、どうしてそんなことをしなきゃならないのかって謎は残るね。なぜ右腕だけ切断して骨にしなきゃならなかったのか」

「そうねえ……」

景子は考え込んでいたが、ふと思いついたように、

「あ、こんなのはどう？　遺体の右腕に故人を特定できる特徴があったとしたら。たとえば刺青とか傷痕とか。犯人が遺体の身許を隠したかったんだとしたら、それを消すために皮膚や肉を全部溶かしちゃったのかもしれない」

「その発想は面白いね。でも、矛盾も出てくるなあ。身許を隠すことが目的なら、同じ場所に遺棄しないでしょ。腕だけ他のところに捨てればいい」

「そう言われると、弱いわね。でも慌ててたから別のところに捨てに行けなかった……いえ、違うわね。そんなに余裕がないなら腕を骨だけに加工する時間だってなかったはずだわ」

「そうだよねえ。でも、だとしたら……」

湯飲みを持ったまま新太郎は考え込む。

「……もしかしたら……」

「何か思いついた？」

「いや、僕の思いつきどおりだとしたら、骨を調べてみればすぐにわかるはずだよ。そろそろ連絡が来るんじゃないかな」

そのとき、まるで新太郎の言葉に呼応したかのように景子のスマホが着メロを流しはじめた。

彼女はすぐにスマホを手に取る。

「生田からだわ」

そう言って耳に宛てがった。途端に口調が仕事モードになる。

「もしもし？　ああ……そうか。で？　……ああ……え？　何だって⁉」

景子の語調が少し乱れた。

「それで？　……わかった。明日の捜査会議で検討する」

そう言って電話を切った彼女の表情には、当惑の色が浮かんでいた。

「やっぱり骨の鑑定結果？」

新太郎が訊くと、景子は頷く。

「じゃあ、僕の予想が当たったのかな。骨、別人のものでしょ？」

「うん。遺体とは関係ない骨だって……でも、どういうこと？」

「僕にもわからないよ。でも、右腕だけが骨になっていた理由については想像できた。あの腕はずっとずっと池の中に沈んでたんだ。だから骨になってたんだよ」

「違う人の骨……じゃあ、遺体がふたつあるってこと？」

「そういうことだね。なんか、景子さんの苦労が倍になっちゃったみたいだ」

「そのようね。あーあ、明日からがまた憂鬱だわ」

景子はテーブルに突っ伏す。

「景子さん……」

そんな妻に、新太郎は気遣わしげに声をかける。

「そんなに落ち込まないでよ。ねえ」

するとと景子は、顔を上げた。

「新太郎君、ひとつお願いしていい？」

「なに？」

「一緒にお風呂に入って。そんでもって明日をやり抜く元気を注入して」

「注入って……その言いかたは、ちょっと……」

「もっと露骨に言いましょうか」

「いや……いいです。じゃあ、洗い物をして――」

「そんなの後でいい！」

景子は夫を立たせると、浴室のほうへと引きずっていく。

「あああ、ちょ、ちょっと待って景子さん！　性急すぎだってば！」

3

翌朝の捜査会議で発見された骨についての詳しい情報が発表された。

それによると二十代から四十代の男性の右上腕部のものと推定され、切断面から鋸《のこぎり》状のもので切り取られたと考えられるとのことだった。

「少なくとも同じ池で発見された遺体とは合致しません。まったく別人のものです」

生田の報告に会議室に集まった捜査員たちの顔が曇る。

「それはつまり、どういうことなんだ？」

当惑した表情で問いかけたのは、この会議を取り仕切る愛知県警捜査一課の佐田《さだ》係長だった。

「どういうって、その……」

生田が口籠もる。

「先に発見された遺体の右腕を探していたら別の人間の右腕の骨を見つけてしまった、ということです」

代わりに京堂警部補が答える。

「死体がふたつあるということか。関連性はあるのかね？」

「不明です」

「なんてこった……」

係長は溜息をつく。

「これから、どうしたらいいんだ？」

「それを決めるのは、係長です」

京堂警部補の言葉は鋭く、冷たかった。係長はいきなり斬り付けられたかのような表情で部下を見る。

「違いますか」

「いや……違わない」

胸を押さえながら、係長はゆるゆると頷いた。

「とりあえず、ふたつの遺体は別個に捜査すべきです」

　京堂警部補は続ける。

「どちらもまだ身許不明です。身許解明が第一でしょう。同時に周辺への聞き込みを強化し、情報を集めるべきです」

「そう、そうだな。そうしよう」

　その後も会議は京堂警部補の意見を係長が承諾する形で進んだ。

「今度の係長、ちょっと頼りないですね」

　会議後、生田は間宮にだけ聞こえるように言った。

「京堂さんに唯々《いい》諾々《だくだく》って感じじゃないですか」

「景ちゃんの〝戦歴〟を聞かされとるんだろう。前の課長のこととかな」

「入院した後、結局帰ってきませんでしたものね」

「自分から配置換えを願い出たらしいわ。これ以上景ちゃんの上司をやっとると命に関わるって言ってな。気持ちはわからんでも――」

　背筋をぞくりと震わせ、間宮が黙り込んだ。背後の冷たい視線を感じたのだ。

　振り返ると予想どおり、京堂警部補が受話器を耳に当てたまま、ふたりを見つめていた。睨むような視線ではない。ただ静かに、絶対零度の眼差しを向けている。

「あ、景ちゃん……わ、わかっとる。すぐに捜査に行くでよ」

おもねるように言うと、間宮は会議室を出ていこうとした。

「あ、間宮さん」

生田も慌てて後を追う。

「待ってください、間宮さん」

受話器を置いた京堂警部補が呼びとめた。

「今、連絡が入りました。遺体の身許について有力な情報です。生田もついてこい」

「あ、はい」

結局三人で車に乗り込むこととなった。

「それで、どこですか」

運転席に座った生田が尋ねる。

「西区花の木、地下鉄浄心《じょうしん》駅の近くだ」

警部補は住所を書き留めたメモ紙を生田に手渡す。

「西署の車が停まっているはずだから、場所はすぐにわかる」

その言葉のとおり、近くまで行くと数台の警察車両が停まっているのが見えた。

車を降りて向かった先は、二階建ての古いアパートだった。馴染みのある警察官が数人、出入りしている。彼らは京堂警部補の姿を見ると揃って緊張の表情を浮かべた。

現場は二階の二号室だった。玄関からすぐにキッチン、その奥に六畳の和室があった。

「あ、き、京堂警部補殿！」

四十歳過ぎぐらいの男が直立不動の姿勢を取る。

「西警察署の田神《たがみ》です！　わざわざご足労いただき、あ、ありがとうございます」

京堂警部補は挨拶抜きで言った。

「この部屋の住人は？」

「え？　あ、杉江《すぎえ》、そう、杉江牧夫《まきお》というそうです。大家からの情報によると四十三歳で独り暮らしでした」

「いつから姿が見えなくなった？」

「それが、その、まだはっきりしません。以前は運送会社に勤めていたそうなんですが、一ヶ月前に体調を崩して退職したとかで、それ以降は部屋に引き籠もっていたとのことです」

田神の話を聞きながら、警部補はキッチンと和室の間の鴨居に眼をやった。

鴨居に打ちつけられた釘に太い紐が掛けられていた。紐の先は断ち切られている。

「紐の切れ端は見つかっております」

田神は鑑識課員にビニール袋を持ってこさせた。中には鴨居に打ちつけられているものと同じ紐が入っている。それは輪になっていた。

「どう見ても首吊り用、ですねえ」

生田が言った。

「鑑識が調べたところによると、紐の輪になったところに皮膚片らしきものが付着していたそうです」

「使用済みということか」

間宮が言う。

「他には？」

京堂警部補の問いかけに、田神は緊張したまま、

「はい、あの、浴室に血痕が残っていました。今、採取している最中です」

「ここに住んでる杉江って男が、池に浮かんでいた遺体でしょうかね？」

生田が訊くと、

「まあ、断定はできんが可能性は高そうだわな」

と、間宮が応じる。

「杉江が首を吊った後、誰かが遺体を下ろして浴室で右腕を切断し、池に投げ込んだと……あ、今のはまだ想像だけどな」

予断を嫌う京堂警部補を慮《おもんぱか》ってか、間宮は曖昧な言いかたをした。

「池の遺体が杉江牧夫かどうかは、すぐにわかるでしょう」

　京堂警部補はそう言って、田神に眼を向ける。

「このアパートの大家と話したい。いるか」

「あ、はい。待たせております。今、来てもらいますから」

　田神はすぐに初老の男を連れてきた。

「まさか、俺のアパートでこんなことがあるとはなあ。思ってもみなかったよ」

　男は愚痴をこぼす。警部補はそれを無視して、

「杉江さんのことはどれくらいご存じですか」

　と、尋ねる。

「どれくらいって、たいしたことは知らんよ。毎月の家賃だって今は振込みにしてるし。でも、ここ最近は何度かここに来て話をしたよ。なにせその家賃を滞納してたんで」

「生活に困っていたということですか」

「病気のせいで仕事を辞めたとかでね。あれは体じゃなくて、ほら、マントルとかメンタイとか……」

「メンタル？」

「それそれ、メンタルの問題だったみたいだな。家賃の支払いを待ってくれと頼み込むとき

の顔つきが尋常じゃなくてね。首を吊ったと聞かされても意外じゃないな」

「そうですか。ところでここの両隣、一号室と三号室にも誰か住んでるんですか」

「ああ、一号室は脇坂《わきさか》さん、三号室は石塚《いしづか》さんがね」

「脇坂という住人からは話が聞けました」

傍にいた田神が答える。

「しかし生憎《あいにく》と一週間前から出張していて、帰ってきたのは今朝だったそうで、詳しいことは何も知らないとのことでした」

「脇坂の会社に確認は？　本当に出張していたのか」

「あ……それは、まだ……す、すぐに調べます！」

田神が飛び出していこうとするのを、京堂警部補は止めた。

「三号室の石塚のほうは？」

「それが、留守のようで話は聞けていません。申しわけありません！」

泣きそうな顔で田神は頭を下げる。その姿を生田と間宮は痛ましそうに、そして京堂警部補は無表情に見ていた。

「……行くぞ」

警部補は部屋を出ていった。生田と間宮は急いでついていく。

「あとは鑑識の結果待ち、かな」

間宮の言葉に、

「その間にもするべきことがあります。まずは隣室の石塚という人物から話を聞かないと」

「ほだな」

頷きながら間宮は三号室の前に立つ。田神も二号室から出てきた。

「石塚というひとも無職だそうで、大家の話では、もしかしたらパチンコ屋にでも行ってるんじゃないかと」

「遊び人か」

言いながら間宮は三号室のドアノブに手を掛ける。

「……や？　鍵が開いとるぞ」

ドアが開いた。

「あれ？　じゃあいるのかな？　さっきは何度呼びかけても返事がなかったんで、だから留守かと……」

言い訳する田神を無視して、間宮は中を覗き込む。

「おおい、石塚さん、おるんかね？　おるんなら返事を――」

声が途切れた。振り向いた間宮の表情が硬くなっている。

「景ちゃん、血の臭いだ」

京堂警部補は即座に動いた。間宮とふたりで室内に飛び込む。

そして、発見した。

「……なんとまあ……」

間宮は声を洩らす。

二号室と同じ間取りだった。キッチンの奥にある和室には座椅子とテレビ、そして衣装ケースくらいしか調度はない。

その座椅子から滑り落ちるようにして男がひとり、倒れていた。

年齢は五十代後半くらい、大柄で頭部が禿げ上がっている。身に着けているのは紺色のスウェット。その上着の胸元からナイフの柄が飛び出していた。男は眼を見開いた状態で絶命している。

「さっきの大家を呼べ」

京堂警部補の声に応じる者はいない。

「ここにいるのは死体も見たことのないようなずぶの素人ばかりか！」

すぐさま怒号が飛んだ。

「この男が石塚かどうか確認しろ！　それと鑑識も連れてこい！」

4

「三号室で殺されてたのは間違いなく住人の石塚保《たもつ》だったわ。そして池に浮かんでいた遺体は二号室の杉江牧夫だった」

「隣同士の住人が死んだわけか」

言いながら新太郎が妻の前に置いたのは、セロリをたっぷり入れたハンバーグに山盛りの大根おろしを載せ、ポン酢をかけたものだった。

「そうなのよ。杉江が自分の部屋で首を括《くく》ったのも間違いないって鑑識が言ってるわ。そして石塚が殺されたのも自分の部屋だった……あ、これ美味しい」

最後の言葉は夫の料理に対する賛辞だった。

「なんか、ややこしい事件がさらにややこしくなっちゃったわ。死体がいくつ出てくるのかしらね」

「たしかに面倒な事件だね。きちんと切り分けしないとわからなくなる」

「切り分け？」

「杉江さんの自殺と腕を切り落とした遺体が池に放り込まれた事件、石塚さんの殺害、そして池に沈んでいた右腕の骨の件。それぞれに検討したほうがいいよ。まず杉江さんだけど、本当に自殺と断定していいんだよね？」

「うん、自殺を否定する理由はないわね」

「でも遺書とかは？」

「見つからなかった。でもね、ごみ箱に書き損じの便箋が捨てられてて、それに書かれてたのは紛れもなく遺書だったわ。仕事を辞めて収入がなくて、もう生きていくのも辛いって書いてあった」

「書き損じは残ってたのに、清書したものは残ってないんだね？」

「そうなの。わたしは杉江の遺体を池に捨てた人間が処分したんじゃないかと思ってるんだけど」

「その意見には賛成するよ。でも、誰が首を吊った杉江さんを運び出したのか……ん？　何かわかってるの？」

景子の表情を見た新太郎が問いかける。

「ええ。まだ言ってなかったけど重要な事実が見つかってるの。じつはね、石塚の部屋を捜索したら、押し入れに切断された腕が隠されていたのよ」

「腕？　それって杉江さんの？」

「今、調べてる。でも鑑識の見解ではほぼ間違いないって」

「石塚さんの部屋に杉江さんの腕が……じゃあ、腕を切断したのは石塚さんってことなのか」

「もうひとつ、駐車場にあった石塚の車を調べたら、シートに血痕があったの。これも調べてるところだけど、もしも杉江の血だとしたら」

「石塚さんが杉江さんの遺体を車で運んで池に捨てた可能性もあるってことだね。うーん……」

新太郎は腕を組んで考え込む。その様子を景子はセロリハンバーグを食べながら見つめていた。それに新太郎が気付いて、

「どうしたの？」

「考えてる新太郎君の顔、やっぱ好きだなって」

「なに言ってんだか」

新太郎は苦笑する。が、すぐに表情を変えて、

「あのさ、調べてほしいことがあるんだけど」

「なになに？　何か思いついたの？」

「うん、もしかしたらってレベルなんだけどね」

新太郎は意味ありげに、そう言った。

5

「たしかに、そういう通報があったようです」

会議の席で田神は、相変わらず緊張した面持ちで報告した。

「三ヶ月前、公衆電話からの一一〇番通報でした。庄内緑地公園の池に死体が沈められているから調べてくれ、という内容です」

「調べたのか」

「いえ、一応警察官が池を見に行きましたが、池の底まで調べるようなことはしませんでした。通報者が名前を明かさないなど不審なところがありまして、そのときは単なる悪戯《いたずら》だと認定したようです」

話しているうちに田神の額に汗が滲んできた。

「そのときに池を浚《さら》っていたら、もっと早くにあの腕が見つかっていたかもしれません。こちらの判断ミスです」

厳しい叱責があると覚悟しているようだった。しかし京堂警部補は言葉を荒らげるようなこともなかった。

「そうか、ご苦労」

それだけ言って、田神を座らせた。

「これは、どういうことなのかね？」

佐田係長は事情を呑《の》み込めていないようだった。

「三ヶ月前に池を調べさせようとした者がいた、ということです」

「一体誰が？」

係長の問いかけに、京堂警部補は答える。

「石塚だと思います」

「石塚？　アパートで殺されていた男か。でも、どうして？」

「それに答える前に、確認しておくべきことがあります。生田」

警部補の呼びかけに、生田刑事が立ち上がる。

「石塚保の車に付着していた血痕は杉江牧夫のものと断定されました。また石塚、杉江両名が住んでいたアパート周辺を捜索したところ、鉈が捨てられているのを発見しました。刃に付着していた血は杉江のもので、柄に付いていた指紋は石塚のものでした」

「以上の結果から、杉江の遺体から右腕を切断し、庄内緑地公園の池に捨てたのは石塚であると考えて間違いないと思われます」

「しかしなぜ――」

「しかしなぜ石塚は杉江の遺体をわざわざ池に捨てたか」

係長が質問するのを遮って、京堂警部補は話を続けた。

「ここで注目すべきなのは、杉江の遺体を池に捨てることで何が起きたか、ということです」

「何が、というと……何が起きたんだ?」

係長はおうむ返しに言うだけだった。警部補はかすかに眉をひそめたが、上司に冷たい言葉を発することなく、話を続けた。

「遺体が発見され、我々が動きました。そして池が捜索され、あの右腕が見つかった」

「ああ、たしかにそうだな。しかしそれが――」

「まさか景ちゃん」

と、間宮が言葉を挟む。

「それが石塚の目的だったと言うんかね?」

「そのとおり」

景子は頷いた。

「そう考えると三ヶ月前に警察に通報したのも石塚だと推論することが可能になります。彼は警察に池を調べさせ、あの腕を見つけさせたかった。しかし通報するくらいでは警察は動かなかった。だから杉江を利用した」

「杉江を殺して遺体を……いやいや、杉江は自殺だったわな」

「杉江の自殺は石塚とは無関係に起きたものでしょう。将来を悲観した杉江は自室で首を吊った。その第一発見者が石塚だったんです。彼は遺体を下ろし、浴室で右腕を切断し、さらに遺体を自分の車に乗せて庄内緑地公園へ行き、池に遺体を捨てた。そうすれば警察は必ず無くなった右腕の捜索をするだろう。池も調べられるに違いない、と考えたんです」

「右腕を見つけさせるために右腕を切り取った遺体を池に捨てたというのか。なんとも大胆な話だ」

　係長は感心している。

「しかし、なぜ――」

「なぜ石塚は、そうまでしてあの右腕を警察に見つけさせたがっていたのか」

　またも京堂警部補は係長の言葉を遮った。

「そして、なぜ石塚は殺されたのか。このふたつを解明するために、まだ調べなければならないことがあります。ひとつは石塚本人についてのこと。たとえば石塚はあのアパートにいつから住んでいるのか」

「それでしたら、少し調べました」

西署の刑事が手を挙げた。

「石塚は三年前からあそこに住んでいるそうです。ちなみに当初は建設会社で事務の仕事をしていたそうですが、二年前に退社しています。その後どうやって生計を立てていたのかは、よくわかりません。近所への聞き込みでは、よくパチンコ屋で見かけたそうです。いわゆるパチプロというものかもしれませんが、そんなに大勝ちしていた様子もありませんでした。それともうひとつ、室内から石塚名義の預金通帳が見つかっていますが、預金残高は一週間前の時点で三万円ほどでした」

「三万円は、ちょっと少ないな」

間宮が感想を言う。

「入金は？」

京堂警部補が尋ねると、刑事はメモを見ながら、

「ここ一年はほとんどありません。しかし二年前の四月に、一気に五百万円ほどの入金がありました」

「それは振込みか」

「いえ、現金による入金でした。どうやらその五百万で今まで食いつないでいたようです」

「五百万……二年前の四月……」

　京堂警部補はその言葉を繰り返した。

「……そうか、新太郎君が言ってたのは、そういうことか」

「え？」

「いや、何でもない。二年前、石塚の周辺で何か事件が起きていないかどうか調べる必要がある」

「それが、今度の事件と何か関係が？」

　係長が尋ねる。

「あると思います。石塚はなんとしても池の中の腕を警察に見つけさせたがっていた。そして彼は経済的に逼迫《ひっぱく》していた。ふたつを考え合わせると、ひとつの推理が成り立ちます。石塚は金を得るために一連の行動を起こした」

「だが、わざわざ遺体を池に投げ込んだりすることで、どうして金が儲かるんだね？」

「そのからくりを見つけるためにも捜査が必要なんです」

　警部補の言葉に、係長はさらに言葉を挟もうとした。が、彼女の視線に射すくめられ、沈黙した。

「最優先で石塚の過去を洗え」

京堂警部補は捜査陣に指示した。

「特に彼の周辺で行方不明になっている者がいないかどうか、徹底的に調べろ」

6

それから三日後、生田と間宮は昭和区天神町にあるマンションの前に立っていた。

「間違いないな?」

間宮が確認すると、

「在宅しています」

生田が答えた。

「じゃ、行こみゃあか」

目的の部屋は一階の五号室だった。生田がインターフォンを押す。

――はい。

女の声がした。

「愛知県警の者ですが、仙道郁人《せんどういくと》さんはいらっしゃいますね?」

――あ、はい。

「お話を伺いたいんですが」

――ちょっと、待ってください。

鍵を外す音がして、ドアが開いた。顔を見せたのは三十歳前後と思われる女性だった。

「あの……いませんけど」

「いないって？」

「だから、郁人はいません。出かけてます」

「それはおかしいな。先程戻ってくるのをお見かけしたんですが」

「でもいないんです！」

少しばかり焦った声で女は応じる。

「そうですか。そんでは、部屋の中を見せてもらってもええですかな？」

間宮が言うと、女性はさらにうろたえる。

「そんな！　困ります！」

「本当におらんのなら、困らんでしょうに」

そう言って間宮は中に足を踏み入れようとする。

そのとき、泣きそうな顔をしている女性の背後から、男が姿を現した。黒いタンクトップにショートパンツという真夏のような出で立ちで、肩から腕にかけての筋肉を見せつけていた。

「仙道郁人さんですか」

間宮が問うと、

「そうだけど、何？」

ぶっきらぼうな口調で男は尋ね返してきた。

「石塚保さんをご存じですな？　二年前まであなたが住んどったアパートの住人ですが」

「石塚？　さあ？　知らないけど」

「それはおかしい。あんたと石塚さんが何度か会って話をしとるのを、ファミレスの店員が見とるんですが。その店の防犯カメラにも映っとりましたよ。ふたりが話しとるところがね」

「……ああ、あの石塚ね。思い出した。それがどうかした？」

「石塚さん、亡くなられまして。殺されたんですわ」

「へえ、そうなの」

「驚かんようですな？」

「別にそんなに親しくなかったから。それで、俺に何の用なの？」

「石塚さんのことで話を伺いたいんです。ちょっとばかり同行してもらえんですか」

「あ、駄目だ。今、忙しいから。駄目駄目駄目」

にべもない態度で拒絶する。しかし間宮は退《ひ》かない。

「そう言わんと。おとなしく来てもらったほうが身のためですが」

「脅す気か」

「はい、脅す気です」

仙道は間宮を睨みつける。しかしすぐに表情を和らげて、

「わかった。今、行くから」

そう言った次の瞬間、自分の前に立っていた女を思いきり突き飛ばした。

「きゃっ⁉」

悲鳴をあげて女は間宮と生田にぶつかる。その隙に仙道は奥へと逃げた。

「あ、待たんか！」

間宮は女を押し退け、土足のまま家に飛び込んだ。生田もそれに続く。

仙道はリビングに飛び込み、窓を開けるとそこから飛び出した。窓の外は小さな庭になっている。そこから一気に逃げ出そうとした。が、立ち止まった。

彼の行く手を遮る者がいたのだ。

「逃げるな。不利になるだけだぞ」

京堂警部補が立ちはだかった。

仙道がかすかに笑った。女だからと甘く見たようだった。

「どけ！」

肩を摑み、突き放そうとした。が、その手を警部補は摑み返し、ねじ上げた。

「くっ⁉」

仙道は彼女の手を振り払い、距離を取る。

「失せろ！」

仙道が威嚇する。しかし京堂警部補は動じない。

「おまえ、誰に向かってものを言っている？」

「うるせえ！　どかないと」

仙道は両腕を上げて構えた。ボクシングのファイティングポーズだ。

「なるほど、少しは腕に覚えがあるか」

今度は京堂警部補が微笑む番だった。

「女だから殴らないなんて思ってるんじゃないだろうな」

「おまえこそ、男だから殴られないと思っているのか」

「ちっ！」

仙道は間合いを詰め、右ストレートを繰り出した。

しかしそれより早く京堂警部補は動いた。パンチを避けるとガードの空いた右脇に蹴りを入れたのだ。

「うがっ⁉」

不意の攻撃に仙道が呻く。前のめりになったところへ次の蹴り。顎にヒットした。

「ぐっ！」

意識が遠退《とおの》いたのか仙道がふらつく。すかさず京堂警部補はジャンプし、彼の後頭部を思いきり踏みつけた。

「！」

顔面を芝生の地面に叩きつけられた仙道は、言葉もなくその場に倒れ込んだ。

「京堂さん、カーブストンプはＷＷＥでも禁止技ですよ」

生田が呆れたように言った。京堂警部補は言った。

「ここはプロレスのリングではない。連れていけ」

7

ふたつのウイスキーグラスが重なり、軽く音を立てる。

「お疲れさん」

新太郎はそう言って、マッカランを口に運んだ。

「いやあ、今回も疲れたわ」

景子はそう言ってウイスキーを一口。

「また乱暴なことしたね？　スーツがしわになってたよ」

「してないわよ。犯人にプロレス技をかけるとか、全然してない」

「まあいいけど。無理して怪我しないでね」

「大丈夫よ。そう簡単にやられやしないから」

「ということは、勝ったってことだね？」

「そうそう、あんな奴あっさりと——あ」

語るに落ちた景子は、ぺろりと舌を出す。新太郎は苦笑した。

「でも、でもさ、今回も新太郎君がヒントをくれたおかげで解決できたのよね」

景子は取り繕うように、

「前にも池を警察に捜索させようとした者がいなかったか探してみたら、とか、石塚の周辺でおかしな金の動きはないか調べてみたら、とか。新太郎君の読みがずばりと当たったわね」

「杉江さんと池に沈んでいた右腕との間に関係がなかったとしたら、石塚さんのほうにあるんじゃないかなって思ったんだ。だから調べてもらったんだけど。それで仙道ってひとは？」

「全部自供したわ。彼がふたつの殺人事件の犯人」

「石塚さんと、もうひとりは？」

「山崎達雄《やまざきたつお》ってひと。同じアパートに住んでた男よ。二年前に仙道が殺して遺体をバラバラにしてあっちこっちに埋めたんだって」

「動機は？」

「金よ。ぼろアパートに住んでたけど山崎ってひとは結構お金を貯めてたんだって。三千万円くらいあったらしいわ。しかも手許に現金で。それを知った仙道が殺して奪ったってわけ」

「そういうことか。で、どうして石塚さんが関わってくるの？」

「山崎を殺して金を奪ったってことを石塚に知られちゃったのよ。それでやむを得ず口止め料として五百万円を渡した。そのかわり、遺体の処分を一部、彼に手伝わせたの」

「それが池に沈めた右腕ってわけか」

「そういうこと。仙道からすれば死体遺棄の片棒を担がせたんだから警察に訴え出るようなことはしないだろうと踏んだみたいね。ところが石塚はもらった金を二年間で使い果たしてしまった。仕事もしてなかったから、たちまち困窮してしまったというわけ」

「それでまた仙道さんを強請《ゆす》ろうとしたんだね」

「そう。でも仙道は拒んだ。『俺がやったという証拠なんかないだろう』と言ったんだって。だから石塚は、仙道を脅す材料として自分で沈めた右腕を引っ張り出そうとしたわけ。最初は警察に通報しても相手にしてもらえなかった。でもたまたま隣室で杉江が自殺しているのを発見して、今度は彼の遺体を池に放り込んで警察沙汰にして、池を捜索させてまんまと右腕を引き上げさせた。そして自分の要求を呑まなかったら腕の素性とおまえの犯行を警察に知らせるって言ったそうよ」

「それで進退窮まった仙道さんは、口封じのために石塚さんを殺したってわけか。ひどい話だね」

「殺されたひとを悪く言いたくないけど、石塚も悪い奴よね。殺人の証拠隠滅の手伝いをした挙げ句に脅迫して、自殺した人間の遺体を損壊して池に捨てるなんて」

「因果応報かな。結局自分の命を縮めることになったわけだ」

「そういうことね」

景子は新太郎が用意した干しぶどうを口に運ぶ。

「うん、ウイスキーにドライフルーツって合うわ」

「ナッツも悪くないけどね」

　そう言ってから、感慨深そうに、

「やっぱりさ、巡り合わせなんだろうね」

「何が？」

「人生。仙道さんも金を貯め込んでる山崎さんが目の前にいなかったら殺人なんてしなかっただろうし、石塚さんも強請りなんかしなくて殺されることもなかったと思う。そう考えるとさ、巡り合わせって怖いなって思うよ」

「悪くない巡り合わせだってあるじゃない」

　景子はそう言って、夫のグラスに自分のグラスを軽く当てた。

「もう一杯、飲みたいな」

「了解」

　新太郎は微笑みながらマッカランのボトルを手に取った。

善人の嘘

1

かつて京堂景子には苦手な食べ物があった。ピーマンだ。

子供の頃、あの苦みと匂い、そして毒々しく見える緑色がどうしても好きになれず、口に入れられなかった。今でも覚えていると夫に話したのは、幼稚園の頃にレストランで出てきたお子さまランチのチキンライスに小さく刻んだピーマンが入っていたことだった。幼い景子はまだ使い慣れないスプーンで執拗な執念をもって混ざり込んでいるピーマンの断片をひとつひとつ選り分けた。そして食べ終えた後で母親に言ったそうだ。

「もうお子さまランチなんか食べない」

以後、彼女は二度とお子さまランチを注文しなかった。

長じても景子のピーマン嫌いは変わらなかった。子供の頃のトラウマを解消することなくピーマンを避けてきたのだ。ピザを注文するときは「ピーマン抜きで」と告げることを忘れなかった。

それが変わったのは、結婚後のことだった。新太郎はまず赤や黄色のパプリカを料理に使い、その甘みと癖のなさで妻の舌を懐柔した。焼いたパプリカの皮を剝き、オリーブオイルにワインビネガー、塩とニンニクで味付けしたものを食卓に供したときは、常備菜にと残しておいた分まで一気に食べられてしまった。そこからピーマンまではまたひと手間もふた手間もかけたが、最終的に新太郎は景子にピーマンを食べさせることに成功したのだった。今ではピーマン料理は京堂家における定番となっていた。その中のひとつ、特に景子が気に入っているメニューが今夜、テーブルに置かれた。

「わお、ピーマンの肉詰め！　これ食べたかったのよ」

かつて見るのも嫌だと言っていたのを忘れたかのようにかぶりつく。溢れる肉汁が口許からこぼれそうになるのを慌ててティッシュで拭きながら、それでも食べるのはやめなかった。

「あー、美味しいわ。幸せ」

熱々の肉詰めで焼けた舌をハイボールで冷やす。

「くー、たまらんですな、これは」

賛嘆しながら料理を頬張る妻に、新太郎は柔和な笑みを浮かべる。

「今日も仕事、忙しかったみたいだね」

「そうなのよ。なんかね、わたしが担当する事件に限ってややこしくて面倒なものばかりになるの。ほんと、嫌になっちゃう」

食べながら景子が愚痴る。

「今かかってるのって、一昨日だったかに栄で起きた殺人事件だっけ？」

「そうそうそれ。犯人もまだわかってないんだけどさ、それ以上に被害者のことがよくわからないの」

「え？　でも新聞には名前とか出てたけど」

「身許のことじゃないのよ。じつはね――」

と、ここから景子による事件の説明が始まる。家庭に仕事は持ち込まない、という主義の人間もいるが、彼女はそうではない。むしろ積極的に抱えている案件のことを夫に話したがる。話しながら自分の頭の中を整理するという目的もあるが、それ以上に新太郎の頭脳を当てにしているのだった。

たとえ身内とはいえ現在捜査中の事件の情報を外部に洩らすというのはコンプライアンス的にどうなのかと批判を受けそうだが、景子は気にしてはいない。ここで話したことを夫が外部に洩らすことはないと信じているからだ。新太郎も今では慣れたもので、妻の話を静かに聞いている。

今回の事件は十三日木曜日の深夜、名古屋の中心街である栄で発生した。その中心を南北に走る久屋大通《ひさやおおどおり》――通称百メートル道路の中央に位置する久屋大通公園のベンチに横たわっている男性を警邏《けいら》中の警察官が発見したのだ。

最初は酔って寝込んでいるのかと思われた。が、起こそうと体を揺すったところ、ずるずると地面に崩れ落ちていった。そのとき男性のシャツの胸元が真っ赤に染まっているのが眼に飛び込んできた。慌てた警官はすぐに通報、県警捜査一課に連絡が入り、景子たちが現場に急行したというわけだった。

男性の周辺に荷物などはなかったが、スーツの内ポケットに入っていた免許証から身許はすぐにわかった。梶原武仁《かじわらたけひと》三十九歳。自宅は地下鉄堀田《ほりた》駅のすぐ近くにあった。勤め先が名古屋市役所の環境局であることも、免許証と一緒に持っていた身分証から明らかになった。

「新聞に載ってたのは、ここまでよね？」

「後は、死因が失血死らしいということくらいかな」

「それも間違いないわ。死亡推定時刻は十三日の午後十一時から十四日午前零時の間。巡回中の警官が発見したのは、死亡して間もない頃だったみたい」

「凶器は？」

「鋭利なナイフか包丁みたいなものだって。でも公園内を捜索しても凶器らしいものは見つからなかったわ」

「誰か目撃者はいなかったの？」

「今のところ、情報はなし。今もまだ捜してる最中だけどね」

「そうか……それで『ややこしくて面倒』ってのは、どういうことで？」

「それなんだけどね」

景子は最後の肉詰めを口に入れると、もう一度ティッシュで口許を拭き、

「すぐに奥さんの奈々絵《ななえ》さんに連絡して遺体が梶原武仁さん本人であることを確認してもらったわ。奈々絵さんは千種にあるアパレルメーカーに勤めてて、ふたりの間には二歳になる女の子がいるの」

「そんな小さい子がいるのか。痛ましいね」

「ほんとにね。奈々絵さんもかなりショックを受けてたみたい。『夫は勤勉で真面目で誰かの恨みを買うような人間じゃありません』って泣きながら訴えてたわ。『ここ一ヶ月は仕事が忙しくて毎日終電で帰ってきていた。朝も早くから家を出て子供の顔もろくに見られない状態が続いていた。そんなひとを殺す人間がいるなんて信じられない』って」

「終電……かあ」

「どうかした？」

「あ、いや。毎日終電で帰っていたひとが、どうして栄にいたんだろうかなって思ったんだ。

市役所から堀田に帰るなら、地下鉄の市役所駅から名城線に乗れば一本なのに、どうして途中の栄にいたのかなって」

「さすが新太郎君、鋭い」

景子はハイボールの残りを一気に飲み、続けた。

「じつはね、翌朝すぐに市役所に行って同僚や上司に話を聞いたの。そしたら梶原さん、ここ一ヶ月は毎日ほぼ定時に役所を出てたって言うのよ」

「仕事、忙しいんじゃなかったの？」

「全然そんなことなかったって。たまに誰かが仕事で遅くなってたりすると手伝ってたくらいで、ほとんどは定時退社。あ、役所だから退庁かな」

「それはちょっとおかしな話だね。じゃあ市役所を出てから終電で家に帰るまで、梶原さんはどこで何をしてたんだろう？　もしかして、毎日飲み歩いてたとか？」

「守口漬を食べても顔が赤くなるくらいアルコールに弱かったそうよ。もちろん酔っぱらって帰ってきたことはないって奥さんが言ってた」

「じゃあ他に何の用事があったんだろうなあ」

「わたし、そのあたりに今回の事件の鍵があるのかもしれないって思ってるの。だってね、奥さんの話を聞いても役所の仕事仲間の話を聞いても、梶原さんが殺される理由が見つからないの。奥さんの話だととても優しい夫で、子供が生まれたときも育休を取って世話をしてくれたりしてたんだって。子育ての愚痴も黙って聞いてくれるし、買い物を代わってくれたりもするし」

「たしかにいい旦那さんだったみたいだね」

「職場での評判もいいの。自分の仕事はきっちり済ませて、誰かの仕事まで引き受けて。上司も『あんなにできた人間はいない』って言ってたわよ」

「ふうん……」

「どうしたの？　何か疑問？」

「いや、たしかにできたひとだなって思っただけ。じゃあ仕事場にも心当たりのあるひとはいないんだね？」

「そういうこと。あんな善人が殺されるなんて考えられないって言うひとばかり」

「となると原因は……物盗り？　たしか荷物はなかったという話だったよね？　持ち物で消えてるものはあるの？」

「通勤に使ってたショルダーバッグが見つからないの」

「財布は？」

「梶原さんが着てたスーツのポケットに免許証と一緒にあったわ。お金もキャッシュカードもクレジットカードも無事」

「じゃあ金目当てでもなかったのかなあ。いやでも、金を盗ろうと襲って殺してしまったので、怖くなって逃げたとか」

「その可能性も考えられるわね。今はとにかく、周辺の聞き込みをして情報を集めてるところだけど。ねえ、ここまでの話を聞いて何か思いつくことはない？」

「いや、さすがにその情報だけじゃ、僕だって何もわからないよ」

新太郎は苦笑しながら、

「ただ……」

と言った。

「ただ？　ただ何？」

景子が身を乗り出す。新太郎は面映《おもは》ゆそうに額を掻きながら、

「いや、殺された梶原さんが、なんだか善人すぎるなあって思っただけ。仕事先でも家庭でも真面目で評判がいいってところが、逆に引っかかるんだよね」

「そうかな？　そういうひと、いると思うけど」

そう言って景子は目の前の夫を指差す。

「ほら、ここにもひとり」

「僕？」

「仕事も家事も完璧。奥さんのことも考えてくれるし謎も解いてくれる。これ以上の善人がいるかしら？」

「僕は……善人なんかじゃないよ」

新太郎は首を振る。

「かなり自分勝手な人間だよ、僕は」

「え？　どこが？」

「どこがって……まあ、僕の話はいいよ。それより、ひとつ教えてほしいんだけど、梶原さんが死んでいたベンチってどのあたり？　久屋大通公園って縦に長いけど」

「えっとね、テレビ塔より南側。そう、ちょっと変わったベンチよ」

そう言うと景子は自分のスマホを取り出した。

「ほら、これ」

新太郎に見せた画面には、ベンチの画像が表示されている。

そこには黒い人物がふたり腰掛けていた。ひとりは幼い子供でボールを手にしている。もうひとりは女性のようで、コアラらしいぬいぐるみを抱えていた。

「ああ、この銅像かあ」

「知ってる？」

「久屋大通公園に行ったときに見かけたことが何度かあるよ。公園のベンチに銅像が座らされてるんだよね」

「わたし知らなかった。前からあるの？」

「結構昔からあったと思うけど。この銅像のあるベンチに梶原さんが？」

「写真は遺体を運んだ後だけど、発見されたときはこっちの女性の像に寄り掛かるようにして事切れてたんだって。でね、地面に血痕が残ってて、それから考えると梶原さんはベンチから五十メートルくらい南で刺されて、そこからベンチまで移動して死んだと考えられるの」

「移動……自分で歩いた？」

「あるいは犯人に運ばれたか」

「それはちょっと考えられないね」

「どうして？」

「出血している人間を抱きかかえるとかして移動すると、自分にも血が付くよ。かなりのリスクだよね。たぶん、梶原さん自身が最後の力を振り絞ってベンチに行ったんだと思う。でも、なぜ……？」

新太郎はずっと、その画像を見つめていた。

2

翌日、新太郎は景子を送り出し、掃除と洗濯を済ませると仕事部屋に入ってイラストを描きはじめた。以前は手描きだったが、最近はパソコンのグラフィックソフトを使い、液晶タブレットで描いている。

今手がけているのは猫とその飼い主である有名人のイラストだった。普通は写真で済ませるのを依頼主である雑誌の編集者は「是非とも新太郎さんの絵で」と言ってきたのだ。

その仕事を昼過ぎまで続け、少し遅い昼食を取った後で買い物に行く。帰ってからまた仕事に取りかかり、一段落したのは午後五時過ぎだった。紅茶を淹れて休憩し、それから夕飯の支度に取りかかる。今日のメニューは鱈《たら》のすり身揚げに焼き野菜。いつものことだが景子が何時に帰ってくるのかわからないので、下準備だけして冷蔵庫に入れておく。

支度を終えると読書の時間。最近はディック・フランシスの競馬シリーズを読んでいる。今日手に取ったのは『大穴』だった。シッド・ハレーが懇意になった女性に自分の手の傷を見せるシーンを読んでいるときに玄関ドアの開く音がした。

「ただいまあ」

新太郎が本に栞《しおり》を挟んで立ち上がるのと同時に景子がリビングに姿を見せた。

「お帰り。お疲れさま」

「ほんとに疲れた。お腹もぺこぺこ」

そう言ってソファに座り込む。

「今すぐ作るから。待ってて」

キッチンに入り、フライパンに油を注いで火にかける。切っておいた野菜は天板に並べてオーブンへ。油の温度が上がってきたところへ鱈のすり身を投入して揚げる。

揚がったすり身には塩味の餡をかけ、焼けた野菜にはオリーブオイルと塩胡椒を振る。景子が着替えを済ませてテーブルに着く頃には料理は完成していた。

「おっと、今日も美味しそうねえ」

疲れきっていた景子の顔に喜色が浮かぶ。

「いただきまあす」

それからしばらくは夫婦揃って無言の食事。会話が始まるのは料理が半分ほど無くなってからだった。

「昨日話した事件のことだけどさ」

口火を切るのはたいてい景子だ。

「殺された梶原武仁さんが役所を出てから家に帰るまで何をしていたのか、少しだけどわかってきたの。何をしてたと思う？」

「浮気、ではないだろうね」

　新太郎は答える。

「もしそうなら、景子さんの口調が違うから。もっと怒ってるはずだよね」

「正解。奥さんを裏切るような男は許さないから。でもその意味では、梶原さんも奥さんを裏切ってたのかなあ」

「どういうこと？」

「栄周辺で聞き込みをしたら、彼の目撃情報がいくつか入ってきたの。久屋大通公園だけでなく地下街でも。それがね、ただぼんやり歩いてたり、地下街の店を覗いたりしてるだけで、特にこれといって用事があるわけでもなかったみたいなの」

「歩いたりウインドーショッピングしてる以外の時間は何をしてたの？」

「何も。地下街の隅に佇んでたり公園のベンチに座ってたりで、他には何もしてなかったみたい」

「それ、どういうことだろうね。まるでただ時間を潰《つぶ》してるだけじゃない」

「そうなのよ。彼は終電が出るまでの間、そうやっていたの。どういうことだと思う？」

「どういうって……」

新太郎は首を傾《かし》げていたが、

「……もしかして、帰宅恐怖症だったのかな」

と、呟くように言った。

「きたくきょうふしょう？　何それ？」

「夫が家に帰りたがらなくなる症状だよ。ときどきそういうひとがいるみたい」

「どうして帰りたがらないの？」

「いろいろな理由があるみたいだけど、主な理由は自分の家庭が安らげる場所ではなくなっているということらしいよ。たとえば家に帰っても奥さんがいろいろとうるさいことを言って落ち着けないとか、子供が騒がしくて寛《くつろ》げないとか」

「でも奥さんの話だと、梶原さんって子供の世話もしてくれてたし愚痴も聞いてくれてたって」

「そういうところで無理をしてたのかもしれないよ。いい夫になろう、いい父親になろうと努力してたけど耐えきれなくなったとか」

「そんなあ」

「梶原さんは同僚の仕事も手伝ってたって言ってたよね。そっちはあんまり負担じゃなかったんだ。きっと本音では仕事だけしていたかったんじゃないかな」

「そんなの勝手すぎるわよ。子育てなんて夫婦で協力してやるのが当然なんだし、家事だって……もしかして新太郎君も、家のことをするのが負担だなんて思ってるの？」

「僕は違うよ。家事は好きでやってるんだから」

「ほんと？　ほんとに不満ないの？」

　景子は夫に迫る。

「景子さんに嘘なんかつかないって。そりゃまあ、帰ってきたときに靴や服を脱ぎ散らかさないでほしいなとか、ドライヤーは使った後ちゃんとコンセントからプラグを抜いといてほしいなとか、そういう気持ちはあるけどさ」

「そういうのが不満なの？」

「そのせいで家に帰ってこなくなるほどのことじゃないし、そもそも僕は家にずっといるんだし。我が家にはとにかく、そういう危機はないと思うよ。それより梶原さんのことで他にわかったことはないの？」

「あ、そうそう、彼はそんな感じで終電まで時間を潰してたみたいなんだけど、一番長くいたのは久屋大通公園のベンチだったみたい。そこに座ってぼんやりしているのを複数の人間が見てたわ。でね、彼が座ってたのが例の銅像が腰掛けてるベンチだったんだって」

「へえ。銅像の横に？」

「そうなの。あの女性と女の子の像の隣で、その像のことをじっと見てたみたい」

「そうかあ……」

新太郎は少し考え込んでいる様子だった。

食後、洗い物を済ませた彼は景子と並んでテレビを観ていたが、ふと、

「ねえ、梶原さんのお母さんは健在なの？」

と訊いた。

「ううん、奥さんの話だと彼が小さい頃に亡くなったみたいね」

「じゃあ、兄弟は？」

「妹がひとり。今は結婚して神戸に住んでるそうだけど。それがどうかした？」

「妹か……いや、もしかしたら銅像に自分の母親と妹を見てたのかもしれないなって思ってさ」

「ああ、もしかしたらそうかもね……明日はそのへんのこと、ちょっと調べてみる」

そう言った後で、

「ねえ、もしもね、わたしに子供ができたら——」

「え？　できたの？」

「もしもの話だって。子供が生まれてもわたしが今の仕事を続けていくには、また新太郎君に負担をかけちゃうことになるのよね」

「さっきの話、まだ引きずってる？」

「うん、ちょっと。そうなったら新太郎君、ストレスでどうかなっちゃうのかなって。そのときはわたし、今の仕事を辞めたほうがいいのかな？」

「刑事、辞めたい？」

「辞めたくない。今の仕事が好きだから。でも――」

「だったら辞めなくていいよ。子供の世話は僕がするから。もちろん景子さんの力も必要だけどね。でも刑事を辞めなくてもいいようにする」

「それってやっぱり、新太郎君に頼りすぎることにならないかしら」

「全然。夫婦でやるべきことを分担するだけなんだから。僕、これでも子供の相手をするのは得意なんだ。親戚にちっちゃい子がたくさんいたからね。それより」

　新太郎は妻の肩を抱いた。

「僕らは子供の世話の心配をする前に、しなきゃならないことがあると思うけどな」

「……そうね」

　景子も夫の胸に抱きついた。

3

「事件が起きた夜、公園で梶原さんと話をしている男がいたって」

そんな話を景子が始めたのは翌日、ホットプレートを使った焼き肉を食べながらのことだった。

「話してた本人じゃなくて目撃したひとが見つかったってことかな？」

「そうそう。久屋大通に面した居酒屋で働いてるバイトの大学生なんだけどね。いつも夜の十一時過ぎに公園を通って帰ってるんだけど、そのときに銅像のベンチに座ってる梶原さんを何回か見かけてたんだって。それで事件が起きた夜にも見かけたんだけど、同じベンチにもうひとり座ってるひとがいて、梶原さんに何か話しかけてたらしいの」

「午後十一時過ぎってことは死亡推定時刻ともろにかぶってくるね」

「そう。事件に関わってる可能性は高いと思う」

「相手がどんなひとだったか、わかった？」

「それがね、サラリーマンっぽい格好の男ってことくらいはわかるけど、人相とかは見てないって。咄嗟に『ヤバいかも』って思って眼を背けたそうだから」

「ヤバい？」

「何かの取引してるんじゃないかって思ったそうよ。ほら、久屋大通公園って以前に覚醒剤の売買をしている人間が捕まったじゃない」

「……ああ、そういえばそんなニュースを観た気がする」

「相手が『こんな話じゃなかっただろ』とかって、ちょっと声を荒らげてたみたいで、梶原さんが明日がどうとかって言い訳してたそうよ。それでヤバい薬の取引でトラブルが起きたのかもって怖くなって、さっさとそこから離れたって」

「そうか。じゃあそれが誰だか突き止めるのは難しいかな」

「そうなの。聞き込みは続けてるけどね」

景子は言葉を切り、焼けた牛タンにレモン塩を付けて口に運ぶ。

「ああ、ちょうどいい焼き加減。タンの厚みも好みだわあ。これも新太郎君が切ったの？」

「いやいや、それは肉屋さんの仕事。最近は厚切りが流行《はや》ってるみたいで、こういう薄切りの牛タンを探すのにちょっと苦労したけどね」

「もしかして、わたしが薄切り好きだってのを覚えててくれた？」

「僕も薄切りのほうが好きだから」

そう言って新太郎も牛タンを頬張る。

しばらくそうして食べていたが、景子が思い出したように、

「じつは梶原さんの目撃情報は、他にもあるの。ただ……」

「ただ？」

「ちょっと変なのよね。ある意味、さっきの大学生の話より変なの」

景子はビールを一口飲んでから、

「近くのビルで警備員をしている郷田《ごうだ》って男性なんだけどね。仕事が終わって帰りに公園を散歩してるときにベンチに座ってる梶原さんを見かけて、声をかけたんだって」

「どうして見ず知らずのひとに声をかけたの？」

「例の女のひとの銅像を妙に愛おしそうに見てたのが気になったそうよ。『この像は「慈《いつくしみ》」というタイトルで昭和五十九年に設置されたんですよ』って説明してあげたんだって。そしたら『この親子、名前はなんていうんでしょうね？』って訊き返されたって」

「名前があるの？」

「そこまでは郷田さんも知らないそうよ。だから正直にそう答えたら『きっと名もない普通の母娘なんでしょうね。でも幸せそうだ。よかった』なんて言ったんだって」

「よかった、か」

「郷田さんもその言葉が気になって『どうしてそう思うのか』って訊いたら、『私の母と妹

は通り魔に襲われて殺されました。妹は小学生でした』って答えたんだって。郷田さんはすっかり同情しちゃって、いろいろ話を聞いたみたい。通り魔は結局逮捕されなくて、梶原さんは毎年母親と妹が殺された場所へ花を手向《たむ》けに行くって言ったそうよ。その命日が明日なんだ。生きてたらきっとこの母子像みたいに幸せに暮らしていたのにって」

「ちょっと待って。通り魔？　でも、妹さんは生きてるんだよね。もしかして、もうひとり妹がいた？」

「そうじゃないの。梶原さんの妹はひとりだけ。もちろん存命で子供もいる。母親の死因も肺炎だったわ」

「じゃあ、まるっきりの嘘？」

「そういうこと。でも郷田さんはすっかり信じちゃったんだって。かなり真剣に慰めたそうよ」

「どういうことなんだ？　梶原さんはどうしてそんな嘘をついたのかな？」

「彼に嘘をつかれたのは、郷田さんだけじゃないわ。塾帰りの高校生が通りすがりに梶原さんに声をかけられたんだって。『君はこの家族から逃げたのか』って。意味がわからなくて立ち止まったら、梶原さんは続けて『ここにはもうひとつ、男の子の像が座っていた。でもその男の子はここにじっとしていることに耐えられなくて、ある日ひとりだけ立ち上がり、逃げていった。以来この母娘はいなくなった男の子のことを待っている。もしかして、君がそうなんじゃないのか』なんて言ったそうよ。さすがに気味が悪くなって、その子は逃げ出したみたいだけど」

「なんだその話。まるで……もしかしたら梶原さん、虚言癖でもあったのかな？」

「奥さんに訊いても役所の同僚に訊いても、ただもう真面目で、嘘なんて絶対につかないようなひとだったって。でも郷田さんの話はともかく、高校生に話したことは嘘っていうより妄想みたいよね」

「妄想……フィクションっぽいね、たしかに。それにしても……」

そう言ったきり、新太郎は黙り込んでしまった。

それからしばらくは食事が続く。カルビも牛タンも食べ終え、ホットプレートを片付けると新太郎は冷凍庫から出しておいたアイスクリームのカップをテーブルに置いた。

「焼き肉の後は抹茶アイス、だよね」

「異議なし」

アイスを食べ終えたところで景子が言った。

「あ、そうそう、もうひとつ変な話があるの。梶原さんが勤めてた市役所の環境局の職員で梶原さんの部下にあたる竹上《たけがみ》って男性から聞き出したんだけど、梶原さんが殺される三日前に出先にいる彼から電話をもらったんだって。その内容が『セントラルパーク地下街の「もちの木広場」に午後三時に行くと赤いペーパーバッグを持った男が立っているから〝梶原から言付かった者だ〟と言ってそれを受け取ってくれ』というものだったの」

「もちの木広場ってセントラルパークの中にあって地上と繋がっている広場だよね」

「そう、テレビ塔の南側。それで竹上さんは言われたとおりに広場に行って、赤いペーパーバッグを持ってた男のひとに指示されたとおりのことを言ってバッグを受け取ってきたそうよ」

「ペーパーバッグの中身は何？」

「役所に戻って、帰ってきた梶原さんに渡すときに『何が入ってるんですか』と訊いたんだって。そしたら梶原さんはバッグの中に入っていた紙包みをその場で開いて見せたそうよ。何が入ってたと思う？　ういろうだって」

「ういろう？　白黒抹茶の？」

「実際に入ってたのは白と桜のういろうだったって。その場で分けて同僚と食べたってことだけど」

「でもどうして、ういろうをそんなふうにして受け取らせたんだろう？」

「竹上さんも不思議に思って訊いてみたそうよ。そしたら梶原さんは『ちょっとしたお遊びだよ』って答えたんだって」

「お遊びねえ……それで、ういろうを持ってたひとは何者?」

「それが今のところわからないの。市役所の人間でもないみたいだし。竹上さんの話だと年齢は三十代後半くらい、身長百七十センチ前後、かなりほっそりした体型で色白。メタルフレームの眼鏡をかけて髪はきっちり七三。着ていたのはチャコールグレイのスーツで普通のサラリーマンっぽい雰囲気だったみたいだけど」

「名前もわからないんだね？」

「梶原さんは竹上さんには教えなかったから」

「そのひとは黙ってペーパーバッグを渡しただけ？」

「ううん、渡すときに一言『明日です。よろしくお願いします』って言ったそうだけど」

「明日？　どういう意味？」

「竹上さんには全然わからなかったみたい。バッグの中身を明日出せってことかもって思ったらしいんだけど、受け取った梶原さんはその日のうちに中身のういろうをみんなと一緒に食べちゃってるしね」

「次の日に他に何かあったのかなあ」

「翌日特に変わったことはなかったと、竹上さんは言ってたわ」

「そうかあ……」

　新太郎は少し考えていたが、ふと思い出したように、

「明日……そういえばさっきも」

「え？」

「ほら、バイトの大学生が事件当日に梶原さんと謎の人物が言い争いをしてたのを見たって話だよ。そのときにも『明日』って言ってたんだよね？」

「あ……そうそう。明日がどうとか」

「それって本当に梶原さんが言ったの？　相手じゃなくて？」

「それは確認したわ。間違いなく梶原さんが言った」

「そうだとすると……もしかして、同一人物なのかな？」

「梶原さんと言い争ってた男と、赤いペーパーバッグを持ってた男が？　それ、今日の捜査会議でも間宮さんが言ってた」

「やっぱり、そう思うよね。どっちもサラリーマンっぽい格好ってところが似てるし。ということは……明日……明日……」

　新太郎はぶつぶつと呟いている。景子はそんな夫の様子を黙って見ていた。今は彼の脳がフル回転している。その成果を待つしかなかった。

「……やっぱり、そういうことなのかな」

そう言うと新太郎は妻に視線を向けた。

「景子さん、明日も公園周辺で聞き込みをするよね？」

「その予定だけど」

「そのときに重点的に調べてほしい人物がいる」

「誰のこと？」

「梶原さんが教えてくれたひとだよ」

「え？ そんなひと、いたっけ？」

景子が訊き返すと、

「気になったのは、竹上さんがペーパーバッグを受け取ったとき、相手の男性が言ったことだよ。『アシタです。よろしくお願いします』ってやつ」

「それが何か？ 次の日に特に何かあったわけでもないんだけど」

「だから『アシタ』は『tomorrow』じゃないんだよ。景子さん、顔も知らない誰かと会う約束をしていて、そのひとらしい人物がやってきたら、なんて言う？」

「えっと、『どうも、京堂です』かな」

「そう、それだよ」

「え？　どれ？」

「だから、名前を名乗るんじゃないかなってこと。竹上さんが会った男も、名乗ったんだ」

「じゃあ、『アシタ』って……」

「そのひとの名前じゃないかな」

「ああ、もしかしたら、そうかも」

「確証はない。でも考えられることだと思う。『アシタ』って名前のひとを捜してみる必要があるんじゃないかな」

「わかった。そうしてみるね。それにしても――」

と、景子が言いかけたとき、彼女のスマホが着信音を鳴らした。

「生田からだわ。こんな時間に何だろう？」

景子はスマホを耳に当てる。たちまち彼女の表情が愛知県警の氷の女王と呼ばれるそれへと変貌した。

「もしもし？　ああ……ああ……え？」

声が変わった。

「……それで、身許は？　……え？　本当に⁉」

一瞬、彼女の視線が夫に向けられた。

「今はどこに？　……そうか、わかった。すぐに行く」

　スマホを置くと、小さく息をつく。

「どうしたの？」

「犯人が出頭してきた」

「犯人？　もしかして、今回の事件の？」

「そう。今、県警にいるって。わたし、これから行ってくる」

　景子は立ち上がる。そして、言った。

「出頭してきた男の名前、アシタだって」

「え？」

「芦田《あした》孝信《たかのぶ》。新太郎君の言ったとおりだったわ」

4

　景子が戻ってきたのは、明け方近くだった。ひどく疲れた様子だったので、新太郎はまず妻を風呂に入らせた。

　汗を流した後も景子の表情は冴えなかった。

「犯人、違ってたの？」

椅子に座った彼女にレモンの蜂蜜漬を炭酸で割ったものを差し出しながら、新太郎は尋ねた。

「ううん、たしかに犯人だった」

そう言って景子は蜂蜜レモンサイダーを一息に飲む。

「芦田孝信は栄にあるスポーツ用品会社で営業の仕事をしているサラリーマンだったわ。特徴は竹上さんが会った赤いペーパーバッグの男に合致してた。今日、面通しするつもりだけど」

「それで、どういう経緯で芦田さんは梶原さんを殺してしまったの？」

「芦田の話によるとね、彼も久屋大通公園で梶原さんと知り合いになったそうなの。最初は公園をぶらぶらしているときに何度か行き合うことがあって、それで芦田のほうから声をかけてみたんだって。なんとなく同じ臭いがしたから」

「同じ臭い？」

「仕事が終わっても自宅に帰りたくない男の臭い。つまり、芦田も帰宅恐怖症だったのよ。彼の場合、奥さんの実家に暮らしてて、義理の両親や義理の妹とかに気兼ねして、家では気を抜いて過ごせなかったみたい。趣味の模型作りもおおっぴらにはできなかった。だから何だかんだ言い訳をして終電ぎりぎりまで栄の街をぶらぶらして時間を潰してたの」

「そういうひとって、案外多いんだね」

「みたいね。そういう話を聞くと家庭って何だろうって思っちゃう。ま、それはともかく、芦田は梶原さんと公園のベンチとか、ときには喫茶店とかで話し込むようになったの。自分の境遇を話したらとても共感してくれたって。そして梶原さんも自分の話をしてくれたんだけど……」

「もしかして、やっぱり作り話？」

「芦田によると梶原さんは高校時代に名門高校の野球部に所属してて、エースで四番だったって。本当なら甲子園にも行けたはずなんだけど、練習中に足を怪我して野球人生を諦めなければならなくなった。それで一念発起して受験勉強に励んで見事東大に合格。将来は弁護士になろうと決めたそうよ」

「それ、どこまで本当なの？」

「全部嘘。梶原さんは高校時代に文芸部だったの。大学は名古屋の私立の文学部」

「正反対とまでは言わないけど、かなり違ってるね」

「その後の人生もすごいわよ。東大を首席で卒業し、司法試験にも一発合格。前途洋々の弁護士人生をスタートさせたんだって。その後も順風満帆でね、有名な法律事務所に所属すると、めきめきと頭角を現して、若手のホープになった。事務所の所長にも気に入られて、ひとり娘と結婚することになったという立身出世の物語。ちなみに言っておくけど、梶原さんの奥さんの実家は知立《ちりゅう》のラーメン屋さん。繁盛してて地元では有名らしいけどね」

「ずいぶんと話を盛ったねえ」

「盛るなんてレベルじゃないわ。まったくの空想よ」

「でもそんな華麗な経歴の持ち主がどうして帰宅恐怖症になったの？　それにもなにか深い『事情』があることになってるのかな？」

「梶原さんが言うには『自分の節を枉《ま》げなかったから』だって。彼が勤めていたという法律事務所の顧客に、後ろ暗い仕事をしている人物がいて、義理の父親である所長は時に法に触れる行為をしながら便宜を図ってたということなの。梶原さんはそんな違法行為を容認できなくて、止めるように訴えたけど所長は耳を貸さなかった。それどころか梶原さんにも悪事の片棒を担がせようとした。もちろん仲間に引き入れて余計なことを言わせないようにするためよ」

「なんだかドラマチックになってきたね。きっと正義の使徒である梶原さんは、それを良しとしなかったんだろうね」

「そういうこと。彼はきっぱりと断ったそうよ。そしたら所長は『言うことを聞かないと弁護士の資格を剝奪してやる』と脅したんだって。そこまで言われても梶原さんは首を縦に振らなかった。そして自分から弁護士を辞めてしまった。でも奥さんと別れることだけは断固拒否したそうよ。奥さんを愛しているから」

「人としての筋は通すってことか。これが本当の話なら感動ものだけどね」

「芦田は頭から信じてたんだって。だから梶原さんのことを悲劇のヒーローだと思ってたそうよ。梶原さんの話では弁護士を辞めた理由を奥さんには話してないことになってるみたいね。お父さんの悪事を知らせないために。だから奥さんは梶原さんのことを弁護士失格の駄目な人間だと思ってる。それが辛くて今はなるべく顔を合わせないように帰宅時間を遅らせているんだって話したそうよ」

「なるほど、そういう流れか。だけど彼のことをヒーローだと信じてた芦田さんが、どうして梶原さんを殺すことになったの？」

「そこがまたおかしな話でね、ある日いつものように公園で会った梶原さんが芦田に言ったの。『義父に悪事から手を引かせたい。そのためには義父と結託している人物を破滅させなければならない。それが可能な重要機密資料を手に入れた。これを報道機関に渡せば、その人物の悪事はすべて暴かれる。しかし義父に被害が及んでは元も子もない。そのために私は少々厄介な工作をしなければならない。ついては私が手を離せない間に、その機密資料をある人物に渡してもらえないだろうか』と。絶対に迷惑はかけないからって言われて、芦田は引き受けたんだって」

「それが、もちの木広場でのペーパーバッグの受け渡しなのか」

「そうなの。芦田は荷物を受け取りに来た竹上さんをマスコミ関係者か何かだと思い込んだみたいね。彼は大役を任されて興奮したそうよ。今までの自分の人生は平凡でつまらないものだった。だけど今、悪事を懲らす正義の味方の一員になれるんだって。で、意気揚々と広場に行って梶原さんに託されたペーパーバッグを竹上さんに渡した。中身がただのういろうだとも知らずに。そして自分もこの〝快挙〟に手を貸していることを覚えていてもらおうと、つい自分の名前を言ってしまったの」

「『芦田です。よろしくお願いします』だね」

「そうそう、それ。その一言が後になって悲劇を招くのよ。ペーパーバッグを竹上さんに渡した三日後にまた梶原さんと会ったとき、彼はひどく動揺してたんだって。どうしたのかって芦田が訊くと『まずいことになった。相手にこちらの動きを悟られた。組織は私たちの行動を見抜いて先回りをした。私が重要資料だと思っていたものが別のものに掏《す》り替えられた』って言われたんだって」

「掏り替えられた？」

「芦田が『じゃあ私が持っていったバッグの中身は偽物だったのか』と言ったら『状況はもっと悪い。連中はバッグの中に厄介なものを入れていた。覚醒剤だ』って」

「覚醒剤？　それはまた……梶原さんのお義父さんは、そういう組織に加担してたって話なのか。それにしても、ちょっとやりすぎじゃないかな」

「わたしもそう思う。冗談にしても問題よね。でも梶原さんは、たしかにそう言ったそうよ。『彼らに嵌められて、私は覚醒剤の運び屋にさせられてしまった。もちろん、あなたもだ』って芦田に言ったの。芦田は慌てて『こんな話じゃなかったはずだ。覚醒剤なんて聞いてない。すぐにあの荷物を取り戻してくれ』と言ったんだけど、梶原さんは『じつはあなたが荷物を手渡した相手も敵の回し者だった。彼らは自分たちの覚醒剤は手元に戻し、私たちに罪を着せたんだ』と言ったそうよ」

「うーん、なんだか目茶苦茶な話だね。それをそのまま芦田さんは信じちゃったの？」

「ええ。もう頭から信じて、うろたえたそうよ。このままでは自分も罪人になる。なんてことだ。人生の破滅だ。でも悲嘆はすぐに怒りへと変わったの。こんな厄介なことになったのも、彼が自分を引き込んだからだ。これまでの尊敬は一瞬で憎悪に変わったというわけ。さらに悪いことに、そのとき芦田の鞄には工作用のナイフが入ってたの。趣味の模型作りに使うつもりで買ったばかりのナイフがね」

「それで……刺したんだね」

「無我夢中でね。梶原さんは最初びっくりしたような顔をして、それから自分が刺されたと気付いて『嘘だ嘘だ』と言ったそうよ」

「それはたぶん、今まで自分が言ったのは全部嘘だったって告白したんだろうね。だから殺さないでくれって」

「でも芦田はそうは思わなかった。梶原さんは自分が刺されたことが信じられなかったんだろうって解釈したみたい」

「その後、梶原さんは？」

「逃げるように歩きだしたと芦田は言ってる。彼も止めを刺すつもりでついていったの。そしたら梶原さんは、あの銅像のところに辿り着いてベンチに座り込むと、女性像に『母さん』と語りかけて、そのまま動かなくなったそうよ。芦田はその場から逃げた。でも新聞やニュースで梶原さんのことが報道されるのを見聞きして、だんだん自分のしたことに耐えられなくなった。だから出頭してきた、ということらしいわ」

「母さん……か」

　新太郎は呟いた。

「やっぱり梶原さんは、あの像に自分の母親を重ねてたのかなあ」

「そういうことかしらね」

「公園で会った高校生に『ここにはもうひとつ、男の子の像が座っていた』なんて言ったのは、本当はそこに自分の姿を置きたかったからなんだろうね」

「だけど悲しいわね。嘘なんかつかなければ、命を落とすこともなかったのに」

「そうだね。でも……」

新太郎は少し黙ってから、

「……梶原さんは、自分を変えたかったのかもしれないね。まわりには『いいひと』と思われてて、その殻を破ることができなくて、そのせいで家に帰ることもできない自分を。でもそれができないから、空想の中だけでも今の自分ではない存在でいたかったのかも」

「だからって、嘘にも限度があるわよ。他人を巻き込んで騒ぎを起こして、結局殺されちゃうんだもの。こう言ったらかわいそうかもしれないけど、自分で蒔いた種ってところもあるわよ、今度の事件」

「そうかもね。結局、善人であることがいけなかったのかなあ」

「それは違うわよ。ちゃんとした善人なら問題ないもの。新太郎君みたいにさ」

「違うよ。前にも言ったけど、僕は善人なんかじゃない。自分勝手な人間だって」

「だからどこが？　新太郎君の自分勝手なところってどこよ？」

「それは……」

新太郎は宙に眼を泳がせる。

「たとえば、ピーマン」

「ピーマン？」

「ピーマンが苦手な景子さんに食べてもらおうと、あの手この手で籠絡《ろうらく》しました」

「それのどこが自分勝手なの？」

「景子さんのためにやったんじゃないから。僕は自分がピーマンを食べたくて、でも景子さんが嫌いなままだと家では食べられないから、何とかしてピーマン嫌いを克服させようとしたんだよ。景子さんのためじゃない。僕のためにやったんだ」

「それが、新太郎君の自分勝手？」

「そう」

新太郎が頷くと、景子は眼を大きく見開いて彼を見つめ、それから大笑いした。

「え？　どうしたの？　僕、変なこと言った？」

「ううん。そうじゃなくて」

景子は笑いながら椅子から立ち上がり、夫の背後に立つと、彼をぎゅっと抱きしめた。

「そうか。そういう自分勝手な子にはお仕置きしないとねえ」

「え？　なに？」

「これから裸にひん剝いて、あんなことやこんなことしてあげるから覚悟しなさい」

「で、でも景子さん、疲れてるんじゃ――」

「そんなもの、一気に吹き飛ばしてもらうからね！」

そう言うと景子は、新太郎をさらに強く抱きしめた。

昭和レトロな事件

1

京堂景子は読書家、ではない。むしろほとんど本は読まないほうだ。京堂家の蔵書は九割以上が新太郎のもので、彼女の本といえば刑事訴訟法などの法律関係か法医学、それに格闘技関係が数冊ある程度だった。

そんな景子がソファに腰掛けて本を読んでいる。

「コーヒー、飲む？」

食後の洗い物をしていた新太郎が声をかけても、

「……うん」

生返事をするだけだった。よほど熱中しているのかと思いきや、

「あ〜〜〜っ！」

突然声をあげて本を放り出した。

「もう駄目。辛抱できない！」

「そんなに難しい本？」

新太郎は手を拭きながらリビングに行き、床に落ちた本を拾う。

「『翡翠島《ひすいとう》殺人事件』……ミステリ？」

「らしい」

「作者は……添田《そえだ》光昭《みつあき》……記憶にない名前だな。新人？」

「新人でさえないわ。素人」

景子はぶすっとした表情で言った。

「書いたものを自分で金を出して本にしたの。いわゆる自費出版ってやつ」

「ああ、そういうのね。でも結構ちゃんとした造本だね。今どきは商業出版だってこんなにしっかり作ってるのは少ないよ。金かけてるな」

新太郎はイラストの仕事をしていて本の装幀にも関わることがあるので、職業的興味が刺激されたようだった。

「ずいぶんとお金を使って作ったみたいだからね。奥さん、ちょっと愚痴ってた」

「ふうん……」

新太郎は表紙を開いてみる。真っ先に眼に入ったのは男性の写真だった。四十歳前後だろうか、和服姿でソファに腰掛け、意味ありげに右手を顎の下に置いてポーズを取っている。かなり頭髪が薄くなっていて、いささか貧相な顔立ちをさらにみすぼらしく見せている。写真の下部には「著者　添田光昭」とキャプションが入っていた。

「著者近影か。写真だけは文士っぽいね」

そう言いながら本文を読みはじめた。景子は何も言わずマッカランのボトルを取り出すと、ふたり分のオンザロックを用意し、ページを捲《めく》るたびに険しくなる夫の表情を見ていた。

「……うーん」

新太郎は本から顔を上げ、指で額のあたりを揉《も》んだ。

「飲む?」

景子が言うと、

「うん」

テーブルに着いて妻が用意したグラスを手に取り、軽く合わせてから一口。

「なかなかでしょ」

「うん、なかなかだ」

苦笑まじりに頷く。

「こういうのを読むと、つくづくプロが書く文章って巧いんだなって思うよ。少なくとも『てにをは』をここまで無視したり、主語や述語が行方不明になったりしないものね。言ったら何だけど、よくこれを本にしようなんて気になったね」

「本人は自信満々みたいね。あとがきに何とかって賞に応募したって書いてあったし」

新太郎は再び本を開き、今度は巻末を読んだ。

「……本当だ。自分ではこれを傑作だと思ってたんだな。でも『惜しくも一次予選を通らなかった』って、一次も通らない作品にどうしてこんなに自信が持てたんだろう。思い込みってすごいな」

皮肉ではなく、新太郎は本当に感心していた。

「ちょっと作者の添田ってひとに会って話を聞いてみたくなった」

「それは無理ね」

景子はウイスキーを飲みながら、

「だって、もうこの世にはいないし」

「え？　そうなの？」

新太郎は一瞬驚いたが、すぐに事情を察した。

「なるほどね。それで景子さんがこの本を読んでるのか。添田さんの死は警察が捜査するような状況で、この本に何らかの関係があると？」

「そういうこと。だから」

と、景子は夫から本を取り上げる。

「これ、なんとしてでも読まなきゃいけないのよ。あーあ、証拠を探して川の中を歩きまわるのと同じくらいの苦行だわ。読み終わったら褒めて」

「褒めます。誠心誠意」

新太郎は胸に手を当てて、言った。

2

事件はその三日前に起きた。

京堂景子警部補が現場に到着したのは午後二時過ぎだった。

「懐かしいな」

一緒に到着した間宮警部補が周囲を見ながら言った。

「若い頃、この近くに住んどったんだ。この商店街にもよお来とったわ。あの頃に比べると……同じようでもあり、違っとるようでもあるな」

「最近は新しい店が増えてきましたからね」

同じく同僚の生田刑事が言った。

「前にテレビで紹介してましたよ。古い商店街の再生をどうとかって」

名古屋市西区那古野《なごの》、名古屋駅と名古屋城の中間に位置する円頓寺《えんどうじ》商店街は、その名のとおり長久山圓頓寺《ちょうきゅうさんえんどんじ》の門前町として栄えたところだった。昭和の頃までは人通りも多く賑わっていたが、近年の商店街衰退の波はここにも及び、一時期は客足も遠退いていた。しかし若者向けの店を積極的に誘致したり、江戸時代の町屋の面影を残す四間道《しけみち》のような近隣の地区の魅力をアピールするなどして、最近ではレトロな雰囲気のある商店街として人気を取り戻してきていた。

「昔話も街のトピックも不要だ」

京堂警部補は同僚たちの話を切り捨てた。

「行くぞ」

現場は商店街から少し離れたところに建つ二階建ての家屋だった。昭和に建てられたと思われる家屋で、道路と住まいを隔てる黒板塀もかなり古びていて、ところどころ板が外れそうになっていた。

それほど大きくもないその家に、今は多くの人間が出入りしている。もちろん皆、警察の人間だ。京堂警部補が現れると、彼らは全員、緊張した面持ちで静止した。

警部補が言う。

「責任者は？」

「わ、私、です」

名乗り出たのは四十過ぎくらいの刑事だった。

「西署の田神です」

「庄内緑地公園の事件で会ったな」

警部補が言うと、

「覚えていてくださいましたか。ありがとうございます」

相変わらずの緊張ぶりながら、表情に喜色を滲ませている。

「また京堂警部補殿と一緒に捜査できることを光栄に思います。前回の事件でも鮮やかに犯人を逮捕されたのを拝見して、尊敬の念をより強くいたしました。今後も御指導御鞭撻《べんたつ》のほどを――」

「無駄話は不要だ」

京堂警部補は田神の言葉を容赦なく切り捨てた。

「捜査に必要なことだけを簡潔に」

「……あ、はい」

たちまちのうちに田神の顔が蒼白となる。警部補は重ねて言った。

「説明を」

「……あ、はい」

「必要なことを簡潔にと言った。聞こえなかったか」

「いえ……はい」

脂汗を流しながら、田神は息を整える。

「で、では、現場をご案内、します」

ぎくしゃくした動きで先導する彼の後について、愛知県警捜査一課の三人の刑事は臨場した。

外観と同様、家の中も充分に古びていた。木の柱は黒ずみ、壁土もところどころ剝げ落ちている。玄関には年代物の下駄箱が置かれ、その上に鮭をくわえた熊の木彫り像が置かれていた。

「じいちゃんの家にあったな、これ」

生田が熊を見ながら呟く。

「懐かしい。郷愁をそそられちゃう」

「遺体は、こちら、です」

田神が案内したのは、家の奥にある浴室だった。ここも昔の造りらしく、床と壁面はタイル張り、浴槽は琺瑯《ほうろう》製で給湯器が隣に設置された、いわゆるバランス釜と呼ばれるタイプのものだった。

その浴槽の中に人間がひとり、入っていた。

「うわ……酷いなこれ」

最初に覗き込んだ生田が遠慮のない声をあげる。続いて中を見た間宮も、

「う……」

と洩らしただけだった。

最後に京堂警部補が確認する。さすがに声はあげなかった。しかしその顔にかすかな嫌悪の色が走った。

もともと浴室自体が狭く作られている上に給湯器が場所を取っているせいもあって、浴槽はかなり小さかった。その代わりに深さがあって、入浴するときには体育座りのような体勢で湯に浸からなければならない。遺体もまさに、その格好で収まっていた。

湯は入っていない。しかも服を着たまま。遺体は仰《の》け反《ぞ》るような姿勢で両手を浴槽の縁からはみ出させていた。年齢ははっきりとわからないが、おそらく成年以上と思われる。なぜわからないのかというと、その遺体には顔がなかったからだ。

顔だけではない、頭部全体が両掌ともどもひどく焼けただれていた。

「なんか、テレビで観た横溝正史の映画みたいな」

生田が顔をしかめながら言うと、

「『悪魔の手毬唄』のことかね」

ベテランの間宮も表情は冴えない。

「あれはたしか、囲炉裏で顔が焼かれとったな。しかしこれは、臭いからするとガソリンか何かだわな」

京堂警部補は黙って浴室を検分していたが、

「頭部と手を焼いたのは、この浴室内か」

と、尋ねた。相手はもちろん、田神だ。

「あ、はい。鑑識はそう判断しています」

彼は緊張した声で応じた。

「犯人は被害者を殺害後、遺体を浴室に運び込み、ガソリン等の油を使って手と顔を焼いたものと考えられます」

「死後の処置と断定できるのか」

「あ、いえ……今はまだ推定の段階でして、詳しいことは遺体をここから運び出して解剖してみないことには……」

田神が自信なさそうに答える。京堂警部補は浴槽から彼に視線を移した。ぴくり、と田神の肩が震えた。

「遺体の身許は？」

「顔がこんな状態ですので断定はできませんが、着衣や体型からして、この家の主である添田光昭と思われます。第一発見者である奥さんも、そう言ってます」

「名前は？」

「添田富美江《ふみえ》さんです。今、部屋で待機してもらっています」

田神が言うと、

「話を聞きたい」

警部補は言った。

案内されて向かった茶の間に、ひとりの女性が座り込んでいた。年齢は四十歳前後、痩せ型で覇気のない顔立ちだった。髪を引詰《ひっつ》めにして鼠色の和服を纏《まと》い、その上に白い割烹着を着けていた。

「添田富美江さんですね。愛知県警捜査一課の京堂といいます。こちらは同僚の間宮と生田です」

警部補は自己紹介した。

「早速ですが、遺体発見時の状況について教えてください」

「……はい」

か細い声で富美江は頷き、話しはじめた。それによると彼女は今日の朝、夫の光昭と朝食を共にした後、八事《やごと》の日赤病院に入院している義母の見舞いのため午前九時に家を出た。

帰ってきたのは正午過ぎ。家に光昭の姿はなく、出かけていると思った彼女は昼御飯の支度を始めた。そのときどこからか異臭がするのを感じ、不審に思って家の中を調べたところ、浴槽に遺体があるのを発見し、警察に通報したということらしい。

「まさか、あんなところで死んでるなんて。夢にも思いませんでした」

富美江はハンカチで口許を押さえながら、言った。

「あのご遺体はご主人のものですかな？」

間宮が尋ねると、

「そう……だと思います。着ていた服とか今朝と同じだし、背格好も……でも、絶対かと言われると、自信が……」

「そうでしょうなあ」

間宮は頷く。

「とりあえず、光昭さんのことを教えてください。まず年齢とお仕事から」

「夫は四十五歳です。中区にある斉藤不動産という会社に勤めています」

「ご家族は？」

「わたしだけです。子供はいません。夫の父親はもう亡くなっていて、お義母《かあ》さんは先程話しましたとおり入院しております。それと……」

ふと、富美江は口籠もる。

「どうしました?」

「あ、はい。夫には弟がひとり。それだけです」

「なるほど。それでご主人、今日はどうされとったんですか。会社はお休みですか」

「はい……ちょっと体調を崩してまして。それでわたし、病院の見舞いを早めに切り上げて帰ってきたんです。まさか、あんなことになってるなんて……」

富美江は顔を伏せた。

「あの、ひとつ訊きたいんですけど」

生田が言った。

「奥さん、いつもその格好なんですか」

「……え?」

富美江が顔を上げた。

「いや、その和服に割烹着なんて、テレビのサザエさんでしか見かけないんで」

「ああ……はい、これは主人の趣味なんです」

「趣味?」

「あのひと、こういう古風なものが好きなんです。昭和の雰囲気がいいって。部屋の家具なんかも古いものをずっと使ってるんです」

たしかにこの部屋にも茶簞笥《ちゃだんす》や座卓、座椅子など古風なものが置かれている。壁際にはガラス戸のある書棚もあった。

京堂警部補はその書棚に眼を向けた。

「これは、何ですか」

指差したのは書棚の中身だった。

「同じ本が何冊もあるようですが」

「ああ、これはですね」

言いながら富美江は書棚の扉を開け、中の一冊を取り出した。

「これ、主人が書いた本なんです」

「本？　ご主人は作家だったんですか」

「作家というか、趣味みたいなものです。これも自分で金を出して印刷してもらったものなんですよ」

警部補は富美江から本を受け取った。表紙には「翡翠島殺人事件」というタイトルと「添田光昭」という名前が記されている。

「ひすいとうさつじんじけん……なんかこれも昭和っぽい古風な題名だなあ」

覗き込んだ生田が言う。

「ほんとに何から何まで昭和だ。たしかにこの家も昭和っぽいですよね。街並みもそうだし――」

「生田」

冷たい一言が彼の無駄口を封じた。

「あ……すみません」

京堂警部補の視線を浴びて、生田は鉛の塊を呑み込まされたような表情になった。

「結構お金がかかってるんです、その本」

富美江が言った。

「道楽にしては贅沢なくらい。わたしには何の相談もなく作ったんですよ。本が届いたときに初めて知って、一悶着ありました」

言いながら富美江は本を見つめる。

「ほんと、いい気なものなんだから」

「添田さん、あの遺体がご主人だったと仮定しての話ですが」

警部補が話を戻した。

「何か心当たりはありませんか」

「心当たりって……」

「光昭さんが殺される理由です」

「それは……あのひとは真面目で人が好くて、誰かに恨まれるようなことは決して……」

「弟さんは？」

「え？」

「先程ご主人の弟さんのことを話したとき、少しばかり躊躇《ちゅうちょ》されたように感じました。何かあるのですか」

京堂警部補の追及に、富美江の表情が強張る。

「そんなことは……まさか、忠昭《ただあき》さんが……」

「忠昭というのが弟さんの名前ですか」

「……はい。双子の弟です」

「双子？」

「ちょっとお待ちください」

富美江は立ち上がると席を外し、程なく一冊のアルバムを持って戻ってきた。ページを捲り、一枚の写真を刑事たちに示す。

写っているのは壮年の男性ふたり。背格好も顔立ちもよく似ていた。

「右が夫で左が忠昭さんです」

「これはまた、そっくりだ」

生田が感心したように呟く。

「たしかによお似とるな。奥さん、なんでこっちが旦那さんだとわかるんかね？」

間宮の問いに、富美江は右側の男性の顎のあたりを指差した。

「ここに黒子《ほくろ》があるのが夫なんです。この黒子がないと、正直わたしでも見間違えます」

言われたとおり、右側の男の顎には目立つ黒子があった。

「忠昭さんは、どちらに？　連絡は取りましたか」

京堂警部補が尋ねると、富美江は首を振った。

「連絡は取れません。忠昭さんは……失踪してしまったんです」

3

「添田忠昭は天白区八事に住んどりました。職業は小説家、と名乗っておったそうです」

その日の夜に西警察署で行われた捜査会議の席上で、間宮が報告した。

「大学を卒業後に上京し、洋服の安売り店で働いておりましたが三年前に退職して名古屋に戻り、それからは短期の派遣仕事をしながら小説を書いておりました。ただ、どうやら書いたものは箸にも棒にも掛からんかったようで、日の目は見ておりません。兄の光昭のほうはずっと名古屋に住んどって、大学を出てすぐに今の会社に勤めました」

「忠昭が自称小説家で、光昭が普通の勤め人なんだね？」

尋ねたのは会議のまとめ役である愛知県警捜査一課の佐田係長だった。

「なのに光昭のほうが本を出したわけか」

「本といっても自費出版ですが」

「でも、その本を書いたんだろ？　光昭のほうもそういう趣味があったということだな？」

「そういうことですな。じつは、そのことが今回の事件の背景にあるかもしれんのです」

「というと？」

「添田富美江さんの話によると、光昭と忠昭の兄弟仲はあまりよろしくなかったようですな。忠昭はときどき光昭のところにやってきては金の無心をしておったそうで。最初は光昭も少額ながら融通しとったようですが、あんまり無心が続くんで終いには怒っとったそうです。金が欲しいなら形《かた》を寄こせと。そこで忠昭は小説のネタを渡した」

「小説のネタ？」

「自分が書くつもりでいた推理小説のアイディアを兄貴に教えたんです。これで小説を書けば新人賞間違いなしだと」

「そんなすごいアイディアなら自分で書けばいいのに」

係長のもっともな感想に間宮も頷く。

「私もそう思いますな。でも、だからこそ金の代わりになるんだと忠昭は言ったそうですが」

「それで、光昭はそのネタを買ったのかね？」

「はい。そして、受け取ったアイディアを元に小説を書いた。それが、これです」

間宮は添田家から持ってきた『翡翠島殺人事件』を掲げる。

「どうやら光昭のほうも小説家になりたいという夢は持っとったようですな。弟から譲られたアイディアを使って一冊分書き上げて、新人賞に応募した。結果は落選でしたが。しかし光昭は書き上げた原稿をもったいないと思ったのか、自分で本にしたわけです。そしてこれが、添田兄弟のトラブルの元になりました」

「何があったんだね？」

「忠昭は自分のアイディアで書いた小説を光昭が自分の名義で本にしたことを快く思っておらんかった。せめて自分との共著の形にするべきだと言っとったそうです。しかし光昭は金を出してネタを買った以上、この本の著者は書き上げた自分だと主張しとりました。それで何度か諍《いさか》いが起こっとったようですな。富美江さんは夫と忠昭がそのことで言い合っておるのを何度か見ておるそうです」

「それは、いつ頃のことだね？」

「一ヶ月くらい前のようです。しかしその後ぷっつりと家には来なくなって、連絡も取れんようになったそうです」

「なるほど。すると忠昭が一ヶ月ぶりに光昭の許を訪れ、また諍いが再燃して殺してしまったと、そういうことか」

「断定はできんのですが。それに、被害者が光昭かどうかも」

「どういうことだ？」

「遺体は顔と手が焼かれております。これは身許を隠すためかもしれません」

「身許を……まさか、光昭のほうが弟の忠昭を殺したと？」

「その可能性も考えられます。というのも……生田、おまえが話せ」

「あ、はい」

生田が立ち上がった。

「えっとですね。俺、その『翡翠島殺人事件』って本を読んでみたんです。いやもう、本当に下手くそな小説で、よくもこんなの本にしたなあって感心するくらいでした。これくらいなら俺だって――」

言いかけて、彼は口を噤《つぐ》んだ。佐田係長の隣に座っている京堂警部補からの冷徹な視線に心臓を射貫かれたからだ。

「あ……あ、はい。すみません。それでですね、この小説はタイトルどおり翡翠島って島での連続殺人を描いてるんですが、中に顔のない死体が出てくるんです。顔と手が焼かれて身許がわからなくなった死体。結局それは加害者と疑われた人間のもので、真犯人は被害者と思われていた人間だった、というオチなんですけど。これって昭和の探偵小説によく出てくるトリックですよね。被害者と加害者の入れ替わり。このあたりもなんか昭和チックだなって感じで。でもこの小説は現代が舞台なんですよ。時代錯誤のレトロもいいとこ——」

「おわかりですか、係長」

生田の長広舌を遮って、間宮が上司に問いかけた。

「今回の事件は、添田光昭が書いた推理小説と似ておるんですよ。顔と手を焼いた遺体というところが」

「では、やはり被害者と加害者が逆かもしれないということか」

腕組みをした係長は、ちらりと京堂警部補を見る。

「京堂君、どう思う？」

「もしも本当に被害者と加害者を入れ替えようなどと考えて遺体を焼いたのだとしたら、犯人は救いようのない馬鹿です」

警部補は言った。

「横溝正史の時代なら、そういうトリックにもリアリティがあった。しかし今は平成です。顔と指紋を消したくらいで警察が遺体の身許を間違えるなんてことはあり得ない。DNA鑑定はすでに一般的な常識です。そんなことも知らないでミステリを書いたなんて、愚の骨頂としか思えません」

「しかし双子ならDNAは同じではないかね？　添田兄弟は一卵性双生児なんだろ？」

「そうです。しかし現代ならDNA以外に個人を特定する方法はいくらでもあります。遺体が光昭か忠昭か、検視が終われば答えが出ます」

京堂警部補は明言した。

4

「で、結果は当初の予想どおり、遺体は添田光昭だったのよ」

三杯目のマッカランを飲みながら、景子は言った。

「光昭は三年前に右大腿骨を骨折してたね、その痕跡があったから確定できたの。ちなみに光昭の死因は窒息。死亡推定時刻は富美江さんが病院に出かけていた九時から十二時の間」

「なるほどね」

　新太郎はつまみに作った蓮根チップスを食べながら頷く。

「捜査本部としては忠昭さんが光昭さんを殺害したと見てるわけ？」

「その可能性が高いわね。もちろん他の可能性も勘案して捜査は進めてるけど、今のところ有力な情報はないわ」

「ふうん……」

　グラスを傾けながら、新太郎は宙を見る。

「何？　何か気になることでもある？」

「いや、ちょっと考えてるんだ。もしも忠昭さんが光昭さんを殺したとして、どうして遺体の顔と手を焼いたんだろうかって」

「それはだから、被害者と加害者を入れ替えたと見せかけるためでしょ」

「そんなことで警察が騙されると思ってたのかな。今の科学捜査技術なら個人の特定はかなり厳密にできるんでしょ？　実際、遺体が光昭さんだってことはわかったんだし」

「そう、顔と手を焼いた程度で身許を誤認させられるなんて、今どきは一般人でも思わないでしょうね。テレビじゃ毎週刑事ドラマをやってて最新の捜査方法を紹介してるんだし。でも、忠昭はそうじゃない。そんな科学知識なんて持っちゃいなかったと思うわ。だって光昭に提供したトリックが、このレベルなんだもの」

景子は『翡翠島殺人事件』を指先で叩く。

「一生懸命読んでみてわかった。彼のその方面の知識は昭和で止まっていたのよ」

「なるほどね」

新太郎も、その本を手に取った。

「これ、僕も読んでみていいかな？」

「いいけど、読み通せる？」

「頑張ってみるよ」

5

翌日、仕事から帰ってきた景子を待っていたのは熱々のタンシチューだった。

「おわ、このタン、分厚い」

「一本丸ごと買ってきて、食べごたえのある厚さに切ったんだ」

「タンなんて焼き肉用の薄切りしか知らないから、ちょっとびっくり」

景子はタンを口に入れる。次の瞬間、その眼が大きく見開かれた。

「んんんん⁉　何これ⁉　めっちゃ柔らかいんだけど」

「圧力釜でじっくり煮込んだからね」

「美味しい美味しい！　これはやっぱりワインだわ」

景子は新太郎が注いだワイングラスを手に取り、一口飲んだ。

「あ〜、これいいわ。濃いめの味わいがシチューにぴったり」

「あんまりワインには詳しくないんだけど、メルローなら大丈夫かなって」

「うん、合う合う！」

しばらくはシチューとワインに没頭する妻を、新太郎は一緒に食事しながら見ていた。この健啖《けんたん》ぶりがなんとも愛おしいのだった。

「ああ、美味しかった。仕事の憂《う》さが晴れた気分」

すっかり食べ終えた景子が言った。そしてワインのお代わりを所望する。

「捜査のほう、滞ってるの？」

ワインを注ぎながら新太郎が尋ねると、

「進展なしよ」

景子が唇を尖らせた。

「忠昭の行方は杳《よう》として知れず。どうやら光昭の家を訪れなくなった頃から自分のアパートにも帰ってないみたいで、調べてみても手掛かりになるものは見つからなかったの。とりあえず家にあったパソコンとかを押収して調べてるけどね」

「パソコンを？　そうか。じゃあ警察でもすぐにわかっちゃうだろうな」

「何が？」

「僕もね、ちょっと調べてみたんだ。忠昭さんが作家志望なら、ネットのどこかで自分の書いた小説を公開してるんじゃないかなって。それで『添田忠昭』で検索してみたんだけど、全然ヒットしなかった。でもね」

と、新太郎は最近手に入れたｉＰａｄを取り出した。

「『翡翠島殺人事件』に俄島円之助《にわかじまえんのすけ》って名探偵が出てきたの、覚えてる？」

「覚えてる。すごくいけ好かないタイプの探偵だったわね。妙に格好つけちゃって警察のことを無能呼ばわりして、でもそのわりにはそんなに名推理もしてなかった。新太郎君と比べたら月とスッポンみたいな奴」

「僕のことはともかくさ、あの話では俄島円之助は数々の事件を解決していて、その成果は多くのひとに知られていた、とか書いてあったでしょ。だからもしやと思って『俄島円之助』で検索してみたんだよ。そしたらどんぴしゃだった」

ｉＰａｄにはウェブサイトが表示されていた。

「これ、誰でも投稿できる小説サイトだけど、ここに『名探偵俄島円之助シリーズ』ってのを連載しているひとがいたんだ。ペンネームも俄島円之助。探偵と作者が同じ名前ってのはエラリー・クイーンの真似だろうね」

「どれどれ？」

景子は画面を覗き込む。

「『怨霊屋敷殺人事件』『魔王湖殺人事件』『落武者伝説殺人事件』……なんかおどろおどろしいタイトルばかりね。これが忠昭の書いた小説なの？」

「警察が押収したパソコンに原稿のデータが残ってると思うから確認すればすぐにわかるだろうけど、たぶん間違いないね。さすが作家になろうと頑張ってただけあって、光昭さんの書いたものより文章はまともだったよ」

「読んだの？」

「ふたつほどね。でさ、面白いことに気付いたんだ。この『魔王湖殺人事件』で殺害された被害者の身許を確認するシーンがあって、そこにＤＮＡ鑑定のことが書かれてたんだ。それも結構詳しく。まあネットなんかで仕入れた知識だと思うんだけど、その中で俄島円之助が言ってるんだ。『今どき顔と指紋を消したくらいで身許がわからなくなると思ってるなんて時代認識が三十年遅れてる』ってね」

「ふうん……って、ちょっと待って」

景子にも新太郎が何を言いたいのかわかったようだった。

「つまり忠昭は人間の入れ替えのために顔と手を焼いても無駄だってことを知ってたわけね」

「そういうこと。忠昭さんは『翡翠島殺人事件』のネタを光昭さんに売り渡したとき、そのことを充分に認識していたはずだよ。忠昭さんは使えない駄目なアイディアをお兄さんに売ったんだ」

「だとすると、忠昭が光昭と自分を誤認させるために顔と手を焼いたって仮説は崩れるわよ」

「崩れるね。光昭さんの顔と手が焼かれたのは、別に理由がある」

「別の理由って、何なの？」

「確信は持てない。でも、想像してることはあるよ」

「なになに？　どんなの？」

景子は身を乗り出す。新太郎はにこりと笑って、

「続きは、洗い物を済ませてからね」

「えー？　ケチ！　教えてくれたっていいじゃない！」

景子は不満顔で夫に突っかかる。しかし新太郎はそれを軽くいなして皿やグラスを流しに持っていった。

彼が再び席に着いたのは、三十分後だった。ふたり分の紅茶を淹れてカップに注ぐと、

「いくつか教えてほしいんだけど」

と、焦《じ》れた様子の景子に言った。

「光昭さん、亡くなった日は体調を崩して会社を休んでたって話だけど、どこが悪かったの？」

「富美江さんは風邪だったと言ってるわ」

「休んだのは一日だけ？」

「ううん、亡くなったのは会社を休んで五日目だった」

「五日か……休む前、光昭さんに異状はなかったのかな？　会社に訊いてみた？」

「うん、なんか元気がなさそうだったって会社の同僚が言ってたわね。でも咳き込んでるとかくしゃみをしてるとか、そういう症状はなかったみたい。ただ仕事が手につかないって感じで、暗い顔をしてたって」

「そうか……」

納得したように新太郎は頷く。

「それでさ、光昭さんの遺体だけど、焼かれてたのは顔と掌だけ？」

「そうだけど」

「もっと正確に教えて。顔はどの範囲まで焼かれていたのか。手はどうなのか」

「顔は、全面焼けてたわ。ていうか頭部全体かな。首から上は焼けてた」

「首も焼かれてたんだね？」

新太郎は念を押す。

「そう。手のほうは指を中心に掌だけが焼けてた」

景子は答えた。

「なるほど。じゃあもうひとつ、光昭さんの死因は窒息だったよね。どうやって窒息させられたの？」

「首を絞められたみたい。手を使った扼殺《やくさつ》か紐状のものを使った絞殺かはわからないんだけど」

「わからない、か。やっぱりね」

「何よ？　どういうことよ？　はっきり言ってよ」

景子の苛立ちは限界にきているようだった。さすがに新太郎もそのことを察して、

「わかった。ちゃんと言うよ。つまりね、僕が想像するに光昭さんの遺体の一部が焼かれていたのは、何かを隠すためだと思うんだ」

「何かって？」

「それは今、景子さんが言ったでしょ。どうやって首を絞められたのかわからないって。それって、頸部も焼かれてたからだよね。絞められた痕が判別できなくなって」

景子は一瞬きょとんとした顔になり、すぐにそれと察して、

「……ああ、そういうことか。でもどうして痕を消そうとしたの？」

「もちろん、遺体を焼いた犯人にとって都合の悪いことだったからだよ。痕が残ったままだと、殺人でないことがわかってしまうから」

「殺人じゃない？」

「たしか絞殺でも扼殺でも、他殺なら痕は水平に付くんだよね。でも首吊り自殺だったら、索条痕は耳の後ろから上に向かって付くはずじゃない？」

「首吊り……光昭は自殺？」

「そうじゃないかと思う」

新太郎は言った。

「光昭さんは会社を休む前、元気がなくなって暗い顔をしてたって言ったよね。もしかした

ら精神的に追い込まれるようなことがあったんじゃないかな。それが高じて、とうとう自分の命を絶ってしまった」

「じゃあ自殺を他殺に見せかけたわけ？　誰が？」

「答えは比較的簡単にわかるんじゃない？　遺体をわざわざ風呂場で焼いたのはなぜかって考えれば」

「どういうこと？」

「汚れても洗いやすい。なにより火事になりにくい。これって主婦としては大事なことだよね」

「……犯人は、富美江？」

「そもそも、こういう小細工ができるのは、第一発見者である富美江さんしかいないしね」

「そうか……そうね。言われてみれば、そのとおり」

景子は何度も頷く。

「でも、どうして富美江はそんなことを？」

「それは警察で調べれば、わかると思うよ。死因が首吊りかどうかも、もっと詳しく遺体を調べれば証拠が見つかると思うし。それに……」

新太郎がふと、表情を曇らせる。

「僕の想像どおりでないといいんだけど、もしかしたら富美江さん、忠昭さんが今どこにいるかも知ってるかもしれない」

「え？　そうなの？」

「だって、知らなかったら忠昭さんが光昭さんを殺して逃げたなんて筋書き、書かないよ。忠昭さんが出てきたら、おしまいだもの」

新太郎はティーカップを指で撫でながら、

「最悪の場合、光昭さんが自殺した理由も、根っこは同じかもね」

6

取調室に入ってから、添田富美江は一言も発していなかった。椅子に腰掛けて顔を少し俯けたまま、前を見ようともしない。

京堂警部補は、そんな彼女に言った。

「頸部周辺の体組織や頸骨の損傷具合から見て、添田光昭さんは首を吊って亡くなったという結論に至りました」

富美江は動かなかった。警部補は続けて言う。

「なぜ、他殺に見せかけたんですか」

問いかけにも応じなかった。

「言いたくないのなら、こちらの考えを述べます。調べたところ光昭さんは昨年、生命保険に加入していますね。死亡時に給付される保険金は三千万円。ただし加入して三年以内に自殺した場合は、給付が認められないという条件がついている」

警部補は一旦言葉を切り、富美江の反応を見た。表情は変わらない。

「なのにご主人は首を吊ってしまった。病院から帰ってご主人が死んでいるのを見つけたあなたは、なんとかして自殺であることを隠そうとした。それで遺体を風呂場にまで移動させ、そこで頭部と手をガソリンで焼いた。目的は索条痕を消すため。そして顔と指紋を焼くことで、あたかも忠昭さんが光昭さんを殺害してから死体誤認トリックを仕掛けたかのように警察に思わせようとした。我々も当初は他殺の線しか考えていなかったので、危うく見逃しかけました。しかしながら自殺か他殺かという観点から調べれば、この程度の小細工はすぐにわかってしまいます。あなたも科学捜査技術の知識については半可通だったということです」

京堂警部補の話を、富美江は俯いたまま聞いていた。

「あなたは忠昭さんを架空の殺人犯に仕立て上げようとした。なぜか。それは彼なら見つからないと思ったからですね？　あなたは彼の居場所を知っている」

警部補は言う。富美江は動かない。

「顔を上げろ」

冷徹な一言が飛んだ。富美江はぴくりと体を震わせ、ゆるゆると顔を上げた。

視線が合った。京堂警部補は言った。

「光昭さんは、忠昭さんを殺した。そうだな?」

警部補の冷たい視線が富美江を貫く。彼女の唇がかすかに震え、瞳に怯えの色が差した。

「知っていることを言え。いつ、どこで光昭は忠昭を殺した?」

「……主人は……」

富美江が、やっと口を開いた。

「主人は、殺すつもりなんかなかったんです。ただ忠昭さんの言いがかりが酷くなって、あの日も家に乗り込んできて、うるさく言われて、主人もついカッとなって……あれは、事故です。柱に頭を打ちつけて、それで……」

「救急車は呼ばなかったのか」

「わたしは気が動転してしまって……主人はわたしより動揺して、このことを隠そうと、なかったことにしようと……」

「遺体はどこに?」

警部補が尋ねた。富美江は首を振りながら、

「見えなくなれば、なかったことにできる。そう思ったんです。でも、駄目でした。主人はそれから、どんどん塞ぎ込んでしまいました。言葉がなくなって、顔付きも暗くなって、仕事もできなくなって……庭を、見るのが怖いって」

「生田」

警部補は同席していた生田に言った。

「至急、添田家の庭を調べさせろ」

「あ、はい」

生田は取調室を飛び出していく。

残った京堂警部補は、富美江に言った。

「あなたは忠昭さんのことを警察に通報しようとはしなかったのですか」

「しなきゃ駄目だと思いました。こんなこと、ずっと隠し通せるわけがないって。でも、主人の言うことに逆らえなくて……」

富美江の瞳が潤んでいる。しかし表情は先程よりずっと和らいでいた。

「主人は怖いひとでした。暴力を振るうわけではないけど、ずっと言葉でわたしを縛りつけていました。結婚して以来ずっと、わたしはあのひとの言うとおりにしてきたんです。食べるものも、住むところも、着るものも。化粧や髪形も言いつけを守ってきました。でも、それでいいと思ってた。このひとの言うとおりにしていれば安心だと思ってたんです。だってあのひとは怖いけど、強いひとだったから。わたしを守ってくれると思ってたから。

だけど忠昭さんを死なせてしまってから、あのひとは変わりました。最初は遺体を隠せば何もかもうまくいくと言ってた。これまでどおりに暮らせるって。でもだんだん、あのひと自身が壊れていきました。罪の意識に耐えられなくなってたんです。そしてついに、鴨居に帯を引っかけて、首を吊ってしまいました。

病院から帰って遺体を見つけたとき、心の底から思いました。このひとはなんて弱い人間だったんだろうって。

だからせめて、わたしだけは壊れないでいようと思いました。やるべきことをやらなければ。保険金のことも、じつはどうでもよかったんです。でもお互いに生命保険をかけあったとき、あのひとが言ったことを思い出しました。『俺はなかなか死なん。死ぬならおまえが先だ。結局おまえには金は入らん』って。このままだとあのひとが言ったことが半分当たってしまう。それを打ち消すためにも、わたしは金を手に入れようと思ったんです。わたしは、あのひとの呪縛から逃れたかった」

涙は零《こぼ》れなかった。瞳を潤ませたまま、富美江は穏やかな表情で言った。

「呪縛からは解放されそうですか」

京堂警部補が尋ねると、彼女は言った。

「ええ、すっかり。ほらね」

富美江は自分の胸元を指差した。明るい紫のワンピースを着ていた。

「もう、着物は着なくていいんです。それだけでも、どんなに楽か。刑事さん、あなたも結婚するときは、相手をよく選んだほうがいいですよ」

「心に留めておきます」

京堂警部補は言った。

7

「忠昭の遺体は、予想どおり添田家の庭から発見されたわ。今、解剖に回してるところ」

麦焼酎を飲みながら、景子が報告した。

「富美江さんは罪になるのかな？」

鍋に白菜を投入しながら新太郎が尋ねる。

「まあ遺体損壊とかの罪には問われるわね。警察の捜査も妨害したし、保険金を騙し取ろうとしたし。でもたぶん、そんなに重い刑にはならないと思う」

「そうか。ならいいけど」

「富美江さんのこと、心配？」

「心配っていうか、あんまり不幸になってほしくないなって。これまでもいろいろ苦労してきたみたいだし」

「苦労ねえ。それはどうかなあ」

「だって、光昭さんに抑圧されてきたんじゃないの？」

「たしかにそう言ってたし、そういう面もあったと思うわよ。けどね、一方的に富美江さんが虐げられてきたかっていうと、わかんないわよ」

「どうして？」

「彼女が着てた着物、絹の結構いいものだった。普段着であれだけのものを着られるって、相当よね。言っちゃなんだけど、光昭さんの収入から想像すると、かなりのものだと思う」

「それは、光昭さんが見栄で奥さんに着せてたんじゃないの？」

新太郎が言うと、景子はにっこりと微笑み、

「新太郎君って、素直ねえ。そういうとこ、好き。でも、騙されやすいひとでもあるわ。事件当日、富美江さんは義母の見舞いに行ってたって証言してたわよね」

「ああ」

「でも調べてみたら日赤病院になんか行ってなかった。行き先は栄のカルチャーセンター。カラオケ講座で歌ってたわ」

「なんと」

「別に悪いことじゃないわよ。押しつけがましい旦那から逃れてストレスを発散してただけなんだから。ついでにカルチャーセンター仲間と旦那の悪口を言って鬱憤を晴らしてたみたいだけど」

「それは……意外だな」

「誤解しないでね。富美江さんが光昭さんにハラスメントめいた扱いを受けてたのは間違いないの。でも富美江さんだって旦那には内緒で自分の好きにできる場所は確保してたってこと。夫婦ってさ、そうやって何とかやっていくものじゃない？　光昭さんと富美江さんはアクシデントみたいな事件で、それが壊れちゃったけど」

「そういう、もんかなあ……なんだか僕、夫婦ってものがわからなくなりそう。もしかして景子さんも……？」

「大丈夫大丈夫。わたしは秘密なんかないから」

景子はそう言って焼酎のグラスを空けた。

「さ、もう一杯いきましょ」

容疑者・京堂新太郎

1

「お見合い？　新太郎君が⁉」

口に持っていきかけた箸を止め、景子は眼を見開く。

「どういうこと？　何なのそれ？」

「僕だってよくわからないよ。いきなり言われたんだもの」

新太郎は御飯を食べながら、

「不意に『あんた、今日これからお見合いしてくれない？』って言われてさ」

だん、と音を立てて景子が立ち上がった。

「どこの誰よ、それ？　何者なのよっ⁉」

妻の剣幕に思わず新太郎はたじろぐ。

「そんなにいきり立たないでよ。僕は別に見合いなんかしないからさ」

「当たり前よ！　わたしが知りたいのはね、一体どこのどいつがわたしの夫を誘惑しようとしたかってことなの」

「誘惑じゃないって。たぶん、そう、誘惑じゃないと思う。だから、ちゃんと説明するからさ。とにかく座ってよ」

　憤然とする妻を宥《なだ》めながら、新太郎は話しはじめる。

「今日のお昼頃だったかな、いつもと同じようにヤマナカで夕飯の買い物をしてたんだ。美味しそうな春キャベツが出てたから豚肉と重ね蒸しにしようかな、それとも新タマネギと合わせてサラダにしちゃおうかな、とか考えてたら『ちょっと』って声をかけられてさ、振り向いたら七十歳過ぎくらいの女のひとが僕をじっと見てたんだ。まじまじと、穴があくかと思うくらいじっと」

「もう、その時点で怪しさMAXね」

「でも外見は別に変わったところはなかったよ。僕のことをガン見してたけど」

「だからそれが怪しいのよ。その女が新太郎君に見合いしろって言ったわけ?」

「そう。最初に言ったのが『お願いがあるんだけど、あんた、今日これからお見合いしてくれんかね?』だったんだ。いきなりそんなことを言われたら驚くよね」

「当然でしょ。それで新太郎君はなんて言ったの?」

「もちろん『無理です』って答えたよ。『僕、結婚してるんで』って。指輪も見せた」

　と、新太郎は自分の左手をひらひらさせる。薬指に金の指輪が光っていた。

「そしたらそのひと、なんだか泣きそうな顔になってね。わかんないけど気まずい雰囲気になっちゃったから、僕はその場から離れようとしたんだ。でもいきなり腕を摑まれて『それでもいいから見合いして』って言われたんだ」

「何なのよそれ？　既婚者を無理矢理見合いさせようっていうの？」

「なんかもう必死な顔でさ、僕に懇願してくるんだ。『頼むから見合いしてくれ。ホテルで美味しいフランス料理を食べさせてあげるから』って。さすがにちょっと怖くなって、その手を振り払って逃げてきちゃった。で、結局春キャベツは買えずじまいってわけ。しかたなく今晩はありあわせのもので済ませちゃった。ごめんね」

彼が言う「ありあわせのもの」とは豚肉と牛蒡《ごぼう》を煮て柳川《やながわ》風に玉子でとじたもの、エリンギと椎茸の白和え、白菜と高野豆腐の味噌汁だった。

「これだけあれば充分よ。そんなことより新太郎君、大丈夫だった？　その変な婆さんに追いかけられたりしなかった？」

「さっさと逃げてきたから大丈夫だったよ。たぶん家までは突き止められてないと思う。たぶんね」

「たぶんって、ちょっと心配よねえ。もしも家まで来て訳のわかんないこと言い出したら、わたしがとっちめてやるけど……でも、もしもわたしがいないときに来たら……ああ、なんだかすごく心配になってきた。その婆さん、探し出して逮捕してやろうかしら」

「逮捕って、別に悪いことしたわけじゃないし」

「してるわよ。新太郎君をわたしから奪おうだなんて極悪非道の極みだわ。逮捕して刑務所に放り込んでやるから。その女の人相、詳しく教えて」

息巻く妻に、新太郎は苦笑しながら説明した。

「えっと、細面で顔色があまりよくなかったな。それと唇の左下に大きな黒子があった。歯はたぶん総入れ歯。痩せてて猫背。白髪まじりの髪を短めにカットしてて、ライトグレイのカーディガンに水色のワンピースって格好で。紫色の人工皮革のトートバッグを持ってたな。それから——」

新太郎が説明していると、景子のスマホが着信音を鳴らした。ディスプレイに表示された発信者を見て彼女は表情を曇らせる。

「生田だわ。なによ、まだ夕飯も終わってないのに」

「仕事？」

「たぶんね」

溜息をつきながら電話に出た。

「もしもし、京堂だ。何かあったか……ああ……そうか。それで場所は？　……なに？」

景子の表情が変わる。

「……ああ、わかった、すぐに行く」

電話を切ると、景子は溜息をつく。

「事件？」

新太郎が尋ねると、小さく頷いた。

「よりによって……」

「どうかしたの？」

「現場、西区上小田井《かみおたい》一丁目だって」

「え……それって……」

「うちのすぐ近く。歩いて行ける距離。そこでひとが死んでるのが見つかったそうよ」

2

名古屋市西区上小田井にある星神社は正確な創建年代がわからないものの、少なくとも仁和《にんな》年間には存在していたというから、千百年以上は続いている古い神社である。

その星神社から歩いて五分とかからない場所に愛知県警のパトカーが停まり、刑事たちが慌ただしく出てきたのは、桜の花もほとんど散った四月下旬の夜七時過ぎのことだった。

彼らが向かったのは住宅が建ち並ぶ中にある老朽化の激しい一軒家だった。外壁の一部が剝《は》げ落ち、雨樋も一部が折れて垂れ下がっている状態で、玄関前の黒ずんだブロック塀に貼り付けられている木製の表札も辛うじて「梶谷《かじたに》」という文字が読み取れるくらいに汚れていた。

その前に立っている女性を見て、やってきた県警捜査一課の面々は一瞬立ち竦《すく》んだ。

「……景ちゃん、今日は早いな」

逸早《いちはや》く我に返った間宮警部補が声をかける。

「家が近いので」

京堂警部補はそう言っただけで家の中に入っていく。間宮は生田と顔を見合わせ、黙って彼女の後についていった。

家の中も外観同様古びていた。掃除も行き届いていないのか床に埃が溜まっている。狭い廊下はひどく軋んだ。現場はその廊下の突き当たりにある和室だった。

「こ、これは京堂警部補殿！　ご苦労さまであります！」

中に入ったとたん、室内にいた三十代と思われる男性が直立不動の姿勢になって声をあげた。

「私、西警察署刑事課の阪下《さかした》と申します！　京堂警部補のご高名はかねがね承っております！　この度は捜査をご一緒させていただくことになり、恐悦至極に存じます！」

選手宣誓のように朗々と弁じる姿に、生田は思わずくすりと笑う。その脇腹を間宮が小さく小突いて黙らせた。

当の京堂警部補は表情筋を一筋も動かすことなく室内を見回す。

部屋の中央に置かれた炬燵《こたつ》に寄り掛かるようにして、女性が俯《うつぶ》せに倒れていた。顔を伏せているので人相などはわからないが、髪はほぼ白く、短めにカットしていた。着ているのは薄い灰色のカーディガンだ。その襟と髪の間に見える首筋に、赤黒い痣《あざ》のような痕跡が首を取り巻くように見えている。

京堂警部補は顔を上げ、しゃちほこばったままの阪下刑事に言った。

「説明を」

「あ、はい！　本日午後五時十三分頃、一一〇番通報がありまして小田井交番の巡査長が遺体を確認、西署に連絡しまして、我々が駆けつけたのであります！」

「通報者は？」

「戸野祥子《とのしょうこ》という女性であります！　年齢は三十四歳！　それで——」

続けようとする阪下を、京堂警部補は手で制した。

「君は発声練習でもしているのか。そうでなければもう少し声量を落とせ」

「あ……はい。その、戸野祥子という女性はこの家に住む梶谷光江《みつえ》という女性の姪《めい》でありまして、彼女の話では今夜、その梶谷光江と話をするために訪れたそうです。しかしインターフォンを押しても返事はなく、なのに玄関ドアは鍵が掛かっていなかったので不審に思い、屋内に入ってみたところ、ここで遺体を発見し、警察に通報したということです」

「この遺体は梶谷光江なのか」

「はい、戸野祥子が確認しております」

「その戸野祥子とは話はできるか」

「はい、隣の部屋で待たせておりますので。今からお会いになりますか」

「いや、その前に被害者をもっとよく見たい。もう動かせるか」

尋ねたのは阪下にではなく、遺体を検分していた鑑識課員にだった。

「あ、はい」

若い鑑識課員も「愛知県警の氷の女王」の噂は聞いているらしく、京堂警部補の問いかけに緊張した表情で応じる。

「顔を見せてくれ」

警部補に指示されるまま、他の鑑識課員とふたりがかりで遺体の上体を起こした。

梶谷光江は苦悶《くもん》の表情を浮かべたまま事切れていた。その喉元にくっきりと索条痕が浮かび上がっている。

「紐状のもので絞められとるな」

間宮警部補が言った。

「凶器に使われたものは見つかっとるかね？」

「いえ、今のところは発見されていません。犯人が持ち去った可能性もあります」

「そうか。まあ紐だか何だかわからんが、どっちにしてもありふれたもので殺されたんだろうな。まだ目立った死後硬直は起きとらんようだから、殺されて間がないと……おい景ちゃん、どうした？」

間宮が声をかけても、京堂警部補は答えなかった。しゃがみ込んだまま、遺体の顔をまじまじと見つめている。

痩せぎすで白髪の多い髪を短くカットしている。半開きになった口から覗いている歯が年齢とは不相応に白い。そして唇の左下に大きな黒子があった
京堂警部補は視線を横に移す。部屋の隅に大きなトートバッグが置かれていた。紫色だった。

「……まさか」

「え？　どうかしたんですか」

生田が尋ねる。

「いや……何でもない」

警部補はそう言って立ち上がった。

「発見者に会いたい」

戸野祥子は隣の客間で心細そうに座布団に座っていた。ひどく消沈している様子だった。そのせいか三十四歳という年齢より老けて見える。京堂警部補たちが部屋に入ってくると、怯えたようにぴくりと体を震わせ、顔を上げた。

「愛知県警捜査一課の京堂と申します。ご心痛のところ申しわけありませんが、お話を伺いたいのです」

警部補がそう声をかけると、やはり臆したように身を退く。

「こんなことになって、何が何だか……わたし、怖いんです」

弱々しい声で言った。

「わかります。しかし今は梶谷光江さんをあのような目に遭わせた犯人を一刻も早く見つけ出さなければなりません。ご協力願います」

丁寧な言葉遣いだったが、有無を言わせない圧力も感じさせる語調だった。

「……わかりました。でも、何をすればいいんですか」

「まず、今日のことを話してください。こちらへはよくいらっしゃるのですか」

「よくっていうほどではないです。年に二、三回くらい。わたし、家族と多治見《たじみ》に住んでるんです。岐阜県の多治見市。ちょっと離れてるから頻繁には行き来してなかったんです」

「では、今日は何の用でいらしたのですか」

京堂警部補が尋ねると、祥子は少し間を置いて、

「……その、弟のことでちょっと話をしたくて。瑞樹《みずき》は名古屋の鶴舞《つるまい》に住んでて、伯母とも連絡を取り合ってたみたいだから」

「弟さんは瑞樹さんと仰るんですね。何か問題でもあったのですか」

「問題っていうか、その……」

祥子は言いにくそうにしていたが、京堂警部補が無言で先を促すと不本意ながらといった様子で、

「警察に捕まっちゃったんです。誰だかの家に盗みに入ったって。あ、でも違うんです。あの子、そういう子じゃないから。きっと何かの間違いなんです」

警部補が口を挟む前に、祥子は言い訳のように言葉を重ねた。

「弟は気が小さくて、悪いことなんかできない性格なんです。なのにどうしてそんなことになっちゃったのか……わからなくて、こうなったら光江伯母さんに相談しようって思って

「……」

「それでここにいらっしゃったのですね？」

「はい。インターフォンを押したけど返事がなくて、でも玄関の鍵が掛かってなかったから心配になったんです。伯母さん、元気そうに見えるけど前に腸閉塞で手術したたし、今もデイサービスに通ってて、だから何かあったんじゃないかって思って中に入ってみたら……」

発見時のことを思い出したのか、祥子は肩を震わせた。

「今日ここに来ることを光江さんには知らせていたのですか」

「いえ。瑞樹のことが気になって、でもわたしにはどうしたらいいのかわからなくて、光江伯母さんなら同じ名古屋市内に住んでるし、何か知ってるかなって思って家を飛び出してきたんです」

「梶谷光江さんは、ここにひとりで住んでいたんですか」

「はい。八年前に伯父さんが亡くなって、それからはひとりでした。ふたりの間には子供もいなかったから」

「何か仕事をされていたのですか」

「いいえ。今は年金と貯金の切り崩しで生活してました」

「誰かとトラブルを抱えていたとか、誰かから恨まれていたとか、そういうことは？」

「ない、と思います。最近の伯母さんのこと、あんまりよく知らないけど、でも殺されるようなことはしてなかったと思います」

そう言うと祥子は俯いた。

「誰が……誰が伯母さんをこんな目に……」

そのとき、部屋に阪下刑事が飛び込んできた。

「気になる情報が入りました。被害者が何者かと揉めているところを見たという目撃証言です」

「何者かって、どういうことだね？」

間宮が尋ねると、

「今日の午後一時半頃、この近くにあるヤマナカというスーパーマーケットで被害者が若い男と諍いを起こしているのを近所の住民が目撃していたのです」

「若い男？　どんな奴だ？」

「その住民の話では、そのスーパーではよく見かける人物だそうです。なんでも、びっくりするほどのイケメンだそうで」

「イケメン？　どれくらいの？」

生田が尋ねる。

「目撃者の話によると、芸能人かと思うほどだそうです」

「芸能人って言ってもいろいろだからなあ。ほら、お笑い芸人だって芸能人だし――」

「おい、生田」

間宮が後輩を窘めた。しかしいつもなら生田の無駄口を冷たい言葉の刃で切り裂く京堂警部補は、なぜか黙っていた。

「で、そのイケメンと被害者はなんで揉めとったんだね？」

間宮が尋ねると、

「揉め事の原因はわかりませんが、その男が逃げようとするのを被害者が引き留めようとしていたそうです」

「ああ、そりゃきっとオレオレ詐欺とかだな」

生田がしたり顔で頷く。

「その男が梶谷さんの金を騙し取ったんだ。で、スーパーでたまたまそいつを見かけて捕まえようとしたんですよ。だけど逆に殺されちゃったと」

得々と喋る生田の耳許に間宮が囁く。

「そういう勝手な憶測は言わんほうがええぞ。ほれ」

彼が視線で示したのは京堂警部補だった。

「うっ……」

生田は思わず呻き声を洩らす。いつもどんなときにも激することなく氷のような態度で周囲の者たちを黙らせる彼女が、これまでにない表情を浮かべていたのだ。

「なんか、えらい怒っとるようだぞ」

「俺……殺されるかも……」

しかし彼らの私語は京堂警部補の耳にはまったく入っていないようだった。ただ小さく何かを呟いていた。その声は誰にも届かないが、間近で聞いている者がいたら驚愕《きょうがく》したかもしれない。

「……そんな……わたしの新太郎君が……そんなことって……」

3

「僕が容疑者？　ほんとに？」

深夜、帰宅した妻から聞かされた意外な言葉に、新太郎は眼を丸くした。

「あの女のひとが殺されて、僕が犯人ってことになってるわけ？」

「犯人なんかじゃないわ」

景子は強い口調で否定する。

「新太郎君が犯人なわけないじゃない。そうでしょ？」

「うん、まあ、そうだけどさ。でも疑われてるんだよね？」

「重要参考人として行方《ゆくえ》を探すって、捜査会議ではそういうことになってる」

「行方って……じゃあ、もしかして僕のことを会議では話さなかった？」

「当然じゃない。犯人じゃないことははっきりしてるんだし、取り調べを受ける必要もないわ」

「でもさあ、重要な情報を秘匿していることになっちゃうよね。それって刑事としてまずくない？　僕なら大丈夫だよ。警察で本当のことをちゃんと話すから」

「駄目よ駄目！」

景子は頑として聞き入れない。

「新太郎君が事件に巻き込まれるなんて、考えただけで頭がおかしくなるわよ！」

私情を露《あらわ》にする妻に、新太郎は思わず苦笑してしまう。

「なんで笑うのよ？」

「あ、ごめんごめん。景子さんの気持ちはわかるし、ありがたいと思うよ。でもそれで景子さんの立場を悪くしちゃうのは、やっぱりよくないと思うんだ。今からでも僕が警察でちゃんと話したほうがいいんじゃないかな」

　夫に懇々と説得され、景子は髪を掻きむしり身を捩《よじ》りながら、

「でも……でも……やっぱりわたし、耐えられない。それに新太郎君が関係しているって思われたら、わたしはこの事件の捜査から外されちゃう。そしたら誰が新太郎君を守るの？　もし冤罪《えんざい》で捕まっちゃうようなことになったら、どうしたらいいのよ？」

「警察のひとが警察の捜査を疑ってどうするの。間宮さんだって生田さんだって、そんな無茶をするようなひとじゃないんでしょ？」

「そうだけど……だけど……うーん……」

　景子は煩悶《はんもん》する。

「……ちょっと、飲もうか」

　そう言って新太郎は席を外し、山崎のボトルと氷を入れたロックグラスを持ってきた。つまみにドライフルーツも用意する。

　グラスに注がれた琥珀色の酒を一口飲むと、景子は、ふっ、と息をつく。

「そうか、考えてみれば悩むようなことじゃなかったわね」

「でしょ。だから僕が警察に――」

「新太郎君は警察に行かなくてもいい。事件をさっさと解決しちゃえばいいのよ」

「え？」

「だから、新太郎君が犯人を見つけてしまえばいいんだって。そうでしょ？」

景子は笑みを浮かべる。対する新太郎は当惑気味に、

「いや、でも、解決ったって事件のこと、よくわからないし……」

「それはいつものとおり、わたしが話すわ。新太郎君は考えて」

「考えてと言われても……」

「今回はいつもと違うのよ。新太郎君自身が疑われてるの。こうなったら自分で解決しないといけないでしょ」

「いやそれは……」

反論しかけて、新太郎は言葉を呑み込んだ。山崎を口に運び、干し無花果《いちじく》を嚙《か》みしめる。

しばしの黙考の後、彼は言った。

「わかったよ。話して」

「そうこなくちゃ」

景子は表情を緩める。が、すぐに真顔になって話しはじめた。

「被害者は梶谷光江七十三歳。名古屋生まれの名古屋育ち。五十年前に梶谷敏郎《としろう》と結婚。ふたりで上小田井に書店を開いていたけど八年前に敏郎が病死。書店もビル建て替えで三年前

に立ち退かされて閉店。ふたりの間に子供はなし。住んでいたのは自分の持ち家だけど、それ以外に資産はなし。そのかわり借金もない。年金で足りない生活費は貯金を切り崩して補っていたけど、その貯金もたいした額ではない。そんな状況だったみたい」

「持ち家があって借金もなかったのなら、それほど生活費はかからないと思うけど、それでも年金だけじゃやっていけなかったのかな？」

「ただ暮らしてるだけならね。でも光江にはひとつだけ、金のかかる趣味があったの」

「もしかしてギャンブル？」

「競輪。元は旦那さんの趣味だったらしいけど、死後は奥さんが引き継いじゃったんだって。それほど多額の賭けはしてなかったみたいなんだけど、家計を逼迫させることもあったようね」

「そうか……でも……」

「どうかした？」

「いや、ちょっとまだ考えがまとまらないから。他に何か情報は？」

「姪の戸野祥子が言ってたように、二年前に腸閉塞を起こして手術してるの。以来あんまり体調もよくなくて、庄内緑地公園の近くにある『あけぼの』って施設のデイサービスに通っていたそうよ。近所のひとの話だと施設に行くのを楽しみにしてたみたい。『年寄りばかりだから気が滅入るかと思ってたけど、利用者にもいろいろなひとがいるし、話ができて面白い』って言ってたんだって」

「面白い、か。ところで梶谷さんの周囲に独身の女性はいないかな？　発見者の戸野祥子さんは？」

「既婚者よ。今のところ、そういうひとはいないけど」

「そうか。でも、じゃあ梶谷さんは僕を誰と見合いさせようとしてたんだろう？」

「そもそも見合いなんてものが今でも生き残ってるってのが不思議よね。婚活とかならわかるけど」

「聞いた話だけど、昔は見合いをセッティングするひとがいて、適齢期の男女を探してきては見合いさせてたみたいだね。双方が気に入って結婚すると手数料をもらったりしてたとか。梶谷さんもそういうことをしてたのかな？」

「それはないみたい。戸野祥子にそれとなく訊いてみたんだけど、梶谷光江が誰かを見合いさせたことなんかなかったそうよ」

「やっぱりそうか。見合いというのはフェイクだったんだな」

「フェイク？」

「梶谷さんに見合いをしてくれって言われたとき、僕は既婚者だから無理だって断った。なのに梶谷さんは『それでもいいから見合いして』って言ったんだよ。つまり最初から成立させることなんか考えてない、偽の見合いだったんだ。とにかくその場所に男がひとり必要だった」

「そういうことになるわね」

「しかも、たまたまヤマナカで出会った僕を誘ってきたというのは、かなり急を要することだったってことだよ。たぶん僕は代役だったんだ。誰かが急に来られなくなって、困ってしまって僕に声をかけた。まあ、誰の代役なのかは想像がつくけどね」

「え？　そうなの？」

「ほら、梶谷さんの身近にひとり、急に身動きがとれなくなった男性がいるじゃない」

そう言われ、景子はすぐに理解した。

「甥《おい》の瑞樹ね」

「そう。彼が本当は見合いに出席することになってたんじゃないかな。でも警察に捕まって出られなくなった。彼なら誰と見合いをすることになってたのか知ってると思うな」

「わかった。明日さっそく調べてみる」

景子は頷いた。

「大丈夫。すぐに犯人を捕まえるから。警察には新太郎君に指一本触れさせない」

「景子さんも警察だけど」

「わたしはいいの。いつでもどこでも新太郎君を触っていいの。今から触ってあげましょうか」

グラスの氷をからんと鳴らして、景子は微笑んだ。

4

千種署の取調室に連れてこられた青年は、当惑した表情で目の前に座る女性を見た。

「こちら、愛知県警捜査一課の京堂警部補だ」

彼を取り調べていた千種署の刑事が、妙に強張った声音で女性を紹介した。

「もう、話すことないけど」

ぽつりと青年が呟く。端整な顔立ちをしているが、その表情は暗かった。

「いや、ある」

京堂警部補が彼を見つめて、言った。

「戸野瑞樹。君は住んでいる東海荘で隣室に忍び込んで貯金箱を盗んだ。そうだな？」

「……それ、もうそっちの刑事に話した」

「そうなんだな？」

警部補が念を押す。

「……ああ」

「なぜって、金が欲しかったから」

「なぜ盗みに入った？」

「逮捕時の君の財布には千円札が三枚入っていた。貯金箱の小銭を盗まなければならないほど金に困っていたとも思えない。なぜ盗んだ？」

瑞樹は答えなかった。警部補は続ける。

「しかも部屋の住人が自販機で缶ビールを買って戻ってきたとき、君は貯金箱を手にしたまま部屋の中に立っていた。まるで見つけてくれと言わんばかりに。なぜだ？」

「…………」

「なぜだ？」

激した声ではない。だが京堂警部補の言葉は鋭利な刃物のように瑞樹に迫ってきた。

「……それは……」

「捕まりたかったのか。いや、捕まえてほしかったのか。警察の留置場へ逃げ込むために」

瑞樹の額に汗が浮かぶ。顔を伏せ、問いかけている刑事から眼を逸らそうとした。警部補は追い打ちをかけるように、言った。

「梶谷光江が殺された」

思わず瑞樹は顔を上げる。京堂警部補の視線をまともに受けた。

「昨日、自宅で殺されているのが見つかった。誰が殺したのか、知っているか」

「……伯母さんが、殺された……やっぱり……」

「心当たりがあるのか」

「だから言ったんだ。危ないことはやめようって。それなのに……」

ぎゅっと瞑《つぶ》った眼から涙が零れる。

「……伯母さんに頼まれたんだ。見合いをしてくれって。本当の見合いじゃない。芝居だって。相手を騙して金を取るんだって」

「結婚詐欺か。誰を騙すことになっていた?」

「わからない。ただ昨日の午後五時に伯母さんの家に行けば、見合いの場所まで連れてってくれて、そこで相手と会うって。その相手が誰かも教えてくれなかった」

「そんな曖昧な話を引き受けたのか」

「だって、金が手に入るって言うから。バイトじゃ稼げないような大金が。だから……でも、途中で俺、やっぱりやめたくなったんだ。ひとを騙すのって上手くできそうにないし、失敗したら大変なことになるかもって思って。だけど伯母さんにやめたいって言ったら、今更もう無理だって言われた。そんなことを今から言い出したら殺されるって」

「誰に？」

「わからない。きっと伯母さんも誰かに誘われたんだと思う。でもその相手がきっと、ヤバい奴なんだ。そう聞いて、もっと怖くなってきた。そんな計画から逃げ出したくなった。だから……」

「だから、ちんけな盗みで捕まって警察に逃げ込んだわけか。梶谷光江が誰と組んでいたのか、本当に何も知らないのか」

「知らない。教えてくれなかった。おまえは何も聞かずに見合い相手に気があるふりをしていればいいって。きっと伯母さんも怖がっていたんだと思う。本当は詐欺とかそういうことができるひとじゃないから」

弁解するように言う瑞樹を、京堂警部補は冷たく見つめる。

「他に何か、梶谷光江が言っていたことはないか」

「……ううん、何も。本当に俺、何も聞かされてないんだ。信じてよ」

そのとき、京堂警部補のスマホが着信音を鳴らした。彼女はディスプレイで相手を確認すると席を立ち、廊下に出て電話を受けた。

――あ、京堂さん。ひとりでどこにいるんですか。

生田の声が聞こえてきた。

「調べたいことがあってな。何かあったか」

――スーパーで梶谷光江と揉めてたイケメンのことですけど、近くのコンビニでもよく見かけられてたみたいです。どうやらあの近所に住んでるみたいです。京堂さんの家もあの近くですよね。心当たりないですか。

「ない」

言下に否定する。

――そうですか。でもご主人は知ってるかもしれないですよね。一度訊いてみてもらえません？

「それは……わかった。訊いてみる」

――お願いします。重要な手掛かりなのになかなか見つけられなくて。でも絶対に捕まえてやりま――。

「こら！　勝手に犯人扱いするな！」

警部補は声をあげた。

――あ……すみません。犯人かどうかは事情聴取してからですよね。はい。

電話の向こうで生田は悄気《しょげ》ていた。京堂警部補はかまわず電話を切る。そしてすぐに自分から電話をかけた。

──もしもし？　景子さん？　どうしたの？

「戸野瑞樹と話したわ。やっぱり彼、梶谷光江に見合いをさせられることになってたんだって」

警部補は瑞樹から聞き出した内容を話した。

──そうか。やっぱり結婚詐欺だったんだね。僕もその片棒を担がされそうになったんだ。

「どうも厄介な奴が一枚噛んでるみたい。そいつが梶谷光江を殺したのかも。でも、戸野瑞樹はその仲間のことも誰と見合いすることになってたのかも知らされてないの。これじゃ手詰まりだわ」

──そうだなあ……。

電話の向こうで新太郎は少し黙っていたが、

──ひとつ、手掛かりがあるよ。

「え？　どんな？」

──ちょっと手間がかかるかもしれないけど、ホテルのフレンチレストランを調べてほしいんだ。昨日突然キャンセルされた予約はなかったかって。

「それって……ああ、新太郎君が誘われたやつね」

——そう。梶谷さんは僕に「ホテルで美味しいフランス料理を食べさせてあげるから」って言ったんだ。きっとどこかの店に予約を入れてたと思う。でもたぶん、予約客は来なかったはずだよ。ひとりは逮捕されているし、ひとりは殺されてしまったから。

「梶谷光江が予約を入れてた店を探せばいいわけね」

——いや、たぶんその予約を入れたのは梶谷さんじゃないと思う。

「どうして？」

——梶谷さんは生活に困ってて貯金も乏しかったんだよね。ホテルのレストランで食事をして支払いをする余裕はない。レストランの手配と支払いは別のひとがやることになってたんじゃないかな。

「別の？　もしかしてそれが共犯者？」

——調べてみる価値はあると思うよ。

「わかった。すぐに調べる。あ、それから今日は部屋から出ないで」

——どうして？　買い物に行かなきゃいけないんだけど。

「警察に見つかると面倒だから駄目。今日は我慢して。夕食は家の中にあるもので何とかしてちょうだい。わかった？」

——わかった。今夜はありあわせの常備菜でいい？

「充分。すぐに新太郎君を自由にしてあげるから」

——ありがとう。頼りにしてるよ、景子さん。

電話を切ると京堂警部補は自分の頬を叩き、緩んでいた表情を引き締めると、氷の女王に戻って廊下を歩きだした。

5

デイサービス施設「あけぼの」は庄内緑地公園の西側にある施設だった。元はコンビニだった建物をそのまま利用しているようで、駐車場が結構広かった。

京堂警部補が生田、間宮のふたりと訪れたとき、応対に出たのは今西《いまにし》という四十代の女性だった。大柄でふくよかな顔立ち、腕も太かった。はち切れそうなブラウスの上にエプロンを着《つ》けている。

「梶谷さんのことは昨日、別の刑事さんがやってきて教えてくれました。酷いことですねえ」

今西は表情を曇らせる。

「まだ犯人は見つかってないんですか」

「現在、捜査中です。今日は利用者の方にお話を伺いに来ました」

京堂警部補が言った。

「梶谷さんと仲の良かった方とか、よくお話をされていた方はいらっしゃいませんか」

「さあ、どうでしょうねえ。梶谷さんはここでもおひとりでいらっしゃることが多かったので。親しいひともいなかったと思いますよ」

ふたりが話している間に生田と間宮は室内にいる年寄りに話しかけていた。

「すみませんけど、あまり利用者さんに負担をかけないでくださいね」

今西が少し突慳貪《つっけんどん》に言う。

「中には話が嚙み合わない方もいらっしゃいますし。そういう方に無理矢理何かを訊いても本当のことはわからないし、怖がらせてしまうことにもなりますから」

「配慮します」

警部補は短く応じた。

「ところで梶谷光江さんは、どんな方でしたか」

「大人しくて静かな方でしたよ。さっきも言いましたように友達はいなかったみたいですけど」

「梶谷さんの姪御さんの話では『利用者にもいろいろなひとがいるし、話ができて面白い』と仰っていたようですが」

「そうですか。じゃあ梶谷さんはそれなりにここを楽しんでくれていたんですね。それはよかったです」

「おーい、景ちゃん」

間宮が手招きをした。京堂警部補は頷き、

「ちょっとあの方とお話をしたいので、一緒に来ていただけませんか。わたしたちがお年寄りに負担をかけるようなことをしていないか、確認していただきたいんです」

「はあ、わかりました。でも本当に無理なことを言わないでくださいね」

今西は渋々といった様子で警部補についていった。

間宮は車椅子に座っている老婦人の傍らに腰を下ろしていた。八十歳は過ぎているように見える。頭蓋骨の形がわかるほど痩せていて、白髪も薄くなっていた。青いカーディガンを着て白いストールを首に巻いている。

「まあいっぺん、名前を教えてくれんかね」

間宮に言われ、女性は口をもぐもぐさせながら答えた。

「杉沼《すぎぬま》千寿子《ちずこ》です」

「何歳かね？」

「今年で八十九歳ですわ」

「ほうかね。お元気そうでええですなあ。ところで杉沼さんは、梶谷光江さんを知っとるそうだね。ここの利用者の梶谷さん」

「よお知っとります。何べんか話しましたで。前は本屋さんをやっとって、旦那さんが亡《の》うなって店仕舞いしたそうですわ」

「その梶谷さんが、あんたに何かしてくれると言っとったんでしょお？　何してくれるって？」

間宮が尋ねると、杉沼は皺《しわ》の多い顔を恥ずかしそうに赤らめて、

「そんなの恥ずかして、よお言わんわ」

「さっき言っとったがね。梶谷さんがホテルのレストランに連れてってくれるって。レストランで何するの？」

間宮が重ねて訊くと、杉沼は身を縮めるようにして、

「……お見合いだがね」

と、小さな声で言った。

「杉沼さんがお見合いするんかね？」

「……いっぺん、してみたかったんだわ。結婚せんかったし、ずっとひとりで暮らしとったで、そういうの、いっぺんでええからしてみたかったんだわ。若い頃は男のひとと話もできんでね。若い男のひとと見合いしてみたかったって言ったらね、そしたら梶谷さんがしてみやあって言ってくれてねえ。わたしが相手を見つけたるでって」

「相手はどんなひと？」

「知らん。写真見せてくれたけど、孫みたいに若いひとだったわ。ええ男でねえ。こんな若いひとが本気でわたしみたいな年寄りと見合いしてくれるんかねって訊いたら、相手は年寄りが好きだから大丈夫だてって言われてねえ。恥ずかしかったけど、会わせてもらうことにしとったの」

「それは、いつ？」

京堂警部補が尋ねる。

「見合いは、いつすることになっていたんですか」

「それがねえ、たしか月曜日だったはずなんだわ。だのに梶谷さん、あれからここにも来《こ》おせんし、連れてってもくれんのだわ。やっぱりあれ、嘘だったのかねえ。嘘でも、あんな男前に会ってみたかったけどねえ」

そう言って杉沼は溜息をついた。

「なんでわたし、結婚せんかったのかねえ。親から引き継いだ財産を守ることばっか頭にあって、言い寄ってくる男とか縁談とかはみんな金目当てにしか思えんで、全部門前払いしてまった。依怙地《いこじ》になっとったんだねえ。今から思うと、馬鹿なことしてまったわ。この歳になって金があっても意味ないしねえ。ほんと、結婚しとけばよかったわ。今からでもしたいぐらいだて。あんたは結婚しとるの？」

と、間宮に尋ねる。

「あ？　ああ、しとるよ」

「ほうかね。ならしかたないねえ。そっちの若いひとは？」

今度は生田に訊いた。

「え？　お、俺ですか。してますけど」

「そっちのお嬢さんは？」

「わたしも、しています」

京堂警部補が答えると、杉沼はまた溜息をついた。

「結婚、したいねえ……」

「すればいいじゃないですか、杉沼さん」

今西が声をかける。

「ここでいいひと見つけたら？」

するど杉沼は鼻を鳴らし、言った。

「あんたには何べんも言ったでしょ。年寄りは、好かん」

「まあ」

今西は笑う。が、京堂警部補が自分を見つめているのに気付いて、その笑みを引っ込めた。

「あの……何か？」

「マリオットアソシアのミクニナゴヤをご存じですね。フレンチのレストランです」

「え？　いえ、よく知りません。名古屋駅にはあまり行かないので」

「でも、予約はされてますね。今週の月曜日、午後六時半から。今西徳子《とくこ》の名前で四人の予約が入っていました。当日キャンセルされたそうですが」

今西の顔色が変わった。

「それ……わたしじゃありません。レストランの予約なんか……」

「予約をしたときの電話番号もあなたのものですが」

「それは……だから、たまには贅沢しようって……」

「言っていることが矛盾してますね。詳しくお話を伺いたいのですが、ご同行願えますか」

静かな、しかし厳とした口調で京堂警部補が言う。今西は何か言いたそうに唇を震わせていたが、突然向きを変え、隣に立っていた生田に体当たりした。

「わっ⁉」

自分より大柄な女性に突き飛ばされ、生田はその場に引っくり返る。今西は躊躇することなく生田を踏みつけ、駆けだした。

「待てッ！」

間宮と京堂警部補が後を追う。今西は「あけぼの」を飛び出し、舗道を一目散に走っていく。だが巨体なので、足はそれほど速くなかった。間宮が追いつき、その肩に手を掛ける。

「止まれ！　止まらんと——ぐはっ⁉」

今西の棍棒《こんぼう》のような肘《ひじ》が脇腹に打ち込まれ、間宮はその場に頽れた。

逃げようとした今西の前に、京堂警部補が立ちはだかった。

「梶谷光江を殺したのは、あんたか」

警部補の問いかけに、今西は顔を紅潮させ、

「うるさいっ！」

言うが早いか突進してきた。突き飛ばして逃走するつもりのようだった。

衝突する寸前、京堂警部補は軽くジャンプして右腕を今西の首に回し、そのまま一回転して全身で着地しつつ彼女を地面に叩きつけた。

「ぐはっっ！」

後頭部をアスファルトに強打し、今西は昏倒《こんとう》する。警部補は素早く起き上がり、倒れている今西を押さえつけた。

「さすが京堂さん」

施設の建物から出てきた生田が踏まれた腹を押さえながら称賛する。

「見事なスリング・ブレイド！」

京堂警部補はそれに応じることなく、押さえつけている今西に言った。

「あんたのおかげで大事なひとが容疑者にされた。全部吐いてもらうぞ」

6

澄んだ音と共にシャンパングラスが軽く合わされた。

「事件解決おめでとう。これで僕の嫌疑も晴れたね」

「大手を振って買い物に出られるわよ」

「うん、だから今日はいっぱい買い込んだよ」

テーブルに並んでいるのは牡蠣《かき》のオイル漬け、ホワイトアスパラガスの蒸し煮、スパイスを利かせた鶏もも肉のソテー、そして手作りのコーンパンだった。

「新しいパン焼き器、なかなかいいよ。前のよりふっくらと焼けるんだ」

景子はパンを一口ちぎって口に入れる。

「……あ、ほんと。美味しい」

「でしょ」

新太郎の表情がさらにほころぶ。

「それで、今西ってひと、自白した？」

「うん。意外とあっさりね。やっぱり杉沼千寿子の財産目当てだったみたい。杉沼さんが梶谷光江と仲が良かったのを利用して、彼女を仲間に引き込んだんだって。でも直前で戸野瑞樹が逮捕されて計画が頓挫しちゃったんで、梶谷の家で計画を練り直そうとしたんだけど、彼女が尻込みしてやめたいって言い出した。そこで口論になって、かっとなった今西が梶谷を絞め殺した」

「そんなことで殺しちゃったの？」

「警察に密告されるかもしれないって思ったんだって。だとしても短絡的よね。感情が抑えられないタイプみたい。デイサービスの他のヘルパーに訊いてみたけど、そういうところでトラブルが起きがちだったみたいね」

「そうか……。梶谷さん、最初から乗り気じゃなかったのかもな。今西に共犯になることを強要されて、いやいや付き合ってたのかも」

「そのあたりは本人が亡くなってしまった以上、よくわからないけどね」

「わからない、か……」

カヴァを飲みながら新太郎が呟く。

「わからないといえば、もうひとつどうしてもわからないことがあるんだよね」

「なに？　何のこと？」

景子が尋ねると、新太郎はグラスを見つめながら、

「梶谷さんはどうして、僕を仲間に引き込もうとしたんだろう？　まったく見ず知らずで、詐欺の片棒を担いでくれるかどうかもわからない人間に声をかけるなんて、どう考えてもリスキーだと思うんだけど。不思議だよなあ」

「ああ、そんなこと。それなら不思議でもなんでもないわ」

景子は牡蠣を頬張りながら、

「それは、騙す相手が杉沼さんだったからよ」

「どういうこと？」

不思議そうに首を傾げる新太郎に、景子は笑みを浮かべて言った。

「杉沼さん、梶谷光江に言ったんだって。わたしは若いイケメンとしか見合いしないよって。だから彼女は甥の瑞樹を仲間に引き入れたの。その瑞樹が使えなくなったから、とにかく代役を用意しなきゃってことになって梶谷は焦ってたのよ。そこへ新太郎君と遭遇したってわけ。まさに渡りに船ってところよね」

「は？」

「だから、新太郎君以上に適任なひとはいないじゃない」

景子は夫の額を軽く指でつついた。

「見合いの席に新太郎君が来たら、誰だってＯＫしちゃうわよ。計画が潰れてくれてよかったわ」

この作品は文庫オリジナルです。

初出
「皮肉な夕食」　ＰＯＮＴＯＯＮ　２０１５年５月号
「死ぬ前に殺された男」　ＰＯＮＴＯＯＮ　２０１６年１月号
「公園の紳士」　ＰＯＮＴＯＯＮ　２０１６年７月号
「右腕の行方」　ＰＯＮＴＯＯＮ　２０１７年２月号
「善人の嘘」　ＰＯＮＴＯＯＮ　２０１７年９月号
「昭和レトロな事件」　ＰＯＮＴＯＯＮ　２０１８年７月号
「容疑者・京堂新太郎」　小説幻冬　２０１９年７月号

やっぱりミステリなふたり

太《おお》田《た》忠《ただ》司《し》

令和元年8月10日　初版発行

発行人――石原正康
編集人――高部真人
発行所――株式会社幻冬舎
〒151-0051東京都渋谷区千駄ヶ谷4-9-7
電話　03(5411)6222(営業)
　　　03(5411)6211(編集)
　　　振替00120-8-767643
印刷・製本―図書印刷株式会社
装丁者――高橋雅之

幻冬舎文庫

ISBN978-4-344-42879-9　C0193　　お-5-5